夹在书页里
一枚树叶，
有森林的香味，
有天空的香味。
只要小小的一枚树叶，
就能把伟大的
秋的森林，
长久保持在心里呢。

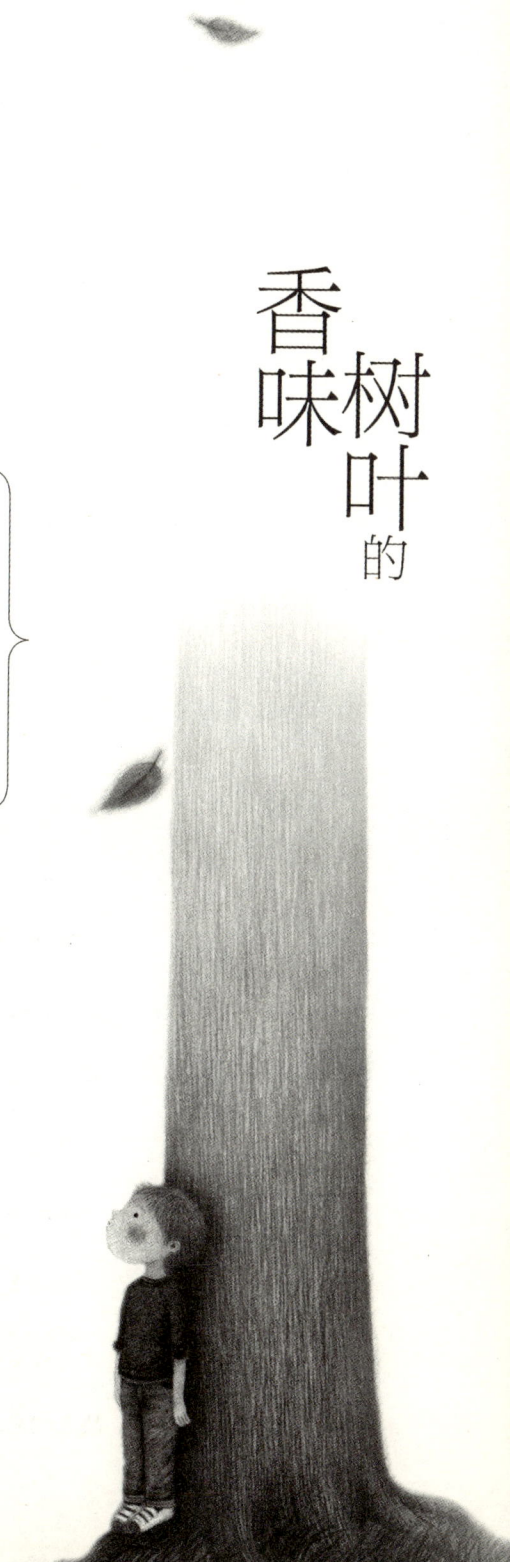

方卫平选评

香味树叶的

方卫平精选儿童文学读本

明天出版社

前言

2007年六一国际儿童节前夕，《中华读书报》的一位编辑朋友来电要我向该报的读者朋友们推荐一部优秀的儿童文学作品。放下电话，我既高兴又颇为踌躇。作为一位儿童文学研究者，有机会向读者推荐、介绍自己喜爱的儿童文学作品，让自己多年的阅读积累和心得有机会成为一种公共阅读服务资源，这当然是一件令人开心的事情。可是，一部作品的推荐限制，还是令我犹豫再三，颇有鱼与熊掌无法兼得的焦虑和遗憾。于是，在编辑朋友的要求和我的推荐愿望之间，衍生出了一场小小的数字和心理的博弈。我不顾编辑朋友的限制，一口气推荐了四五部我喜爱的各类儿童文学作品，但是事情过后，我又想，这种配合节日气氛的仪式性的推荐，终究只能如此。这样的遗憾，只能通过另外的方式来弥补了。

事实上，自2001年我用整整一年的时间参与主编了"新语文读本·小学卷"之后，就一直盼望着能够有机会用新的理念和眼光为读者朋友们编选一套儿童文学读本。后来，明天出版社为我提供了这样的机会。这次合作的初步成果，就是现在读者朋友们看到的这一套"方卫平精选儿童文学读本"。

长久以来，一些读者朋友对儿童文学抱有一种也许并无恶意的误解和偏见，对儿童文学的艺术性和美学内涵缺乏相应的体验与信任。这实在是由于各种原因，他们还没有机缘亲近、认识、享受儿童文学。我相信，优秀的儿童文学作品构成了人类审美历史和文化的一个独特而巨大的"文本"，这个文本以其独特的文化积淀、人生内涵、艺术魅力，成为人类共同拥有的精神财富。这套读本以我个人二十多年来从事儿童文学教学、研究工作的专业积累为基础，以我近年来的儿童文学阅读和思考为基本支撑，收录了中外历史上一些优秀的或我个人相当珍爱的儿童文学作品。这些作品触及到了关于童年、人生、人性、社会、命运等最基本的价值命题，因而具有相当的思想深度和情感力度。我也希望借助这些作品来展现儿童文学的纯真和质朴，幻想和幽默，玄思和深邃，丰富和大气……我以为，从这些作品中，读者朋友们既可以享受儿童文学的天真和趣味，也可以领略其中的人生智慧和生活哲学。

书中那些对作品评析的文字，是想为读者的阅读提供一些思路和参考。这些文字不应成为读者朋友们阅读时的羁绊和限制。很显然，作品本身所呈现和提供的思想和艺术图景，一定会比任何说明文字都要丰富和有趣得多。

把最好的儿童文学作品献给读者，为小读者的课外阅读和大读者的闲暇生活提供来自儿童文学领域的文学精品，是我选评这套书时的全部动机和激情所在。我盼望着，这些优秀的儿童文学作品，能够滋润、塑造我们童年的心灵和情感世界，陪伴、感动我们成年后的生命和岁月。

方卫平

于浙江师范大学红楼

目录

很久很久以前的故事

童话与夸张

将来我会怎么样

想当流浪汉的孩子

人们叫我捣蛋鬼

目录

歌谣里的童年

小时候的那些事情

问答歌

文字怎样变成了诗和故事

你听到了什么

森林里和森林外的动物

小说里的情趣和理趣

爱能走得多远

　　如果说我们每一个人，都是在偶然中被抛进这个世界的，那么每一个孩子，对于他们的父母来说，都意味着无法改变的必然的爱。这种爱，一旦开始，就很难停下；一旦存在，就难以衡量。这样的爱有各种不同的表达方式，并且永远不允许自己在空间和时间上，受到任何限制。

[日本]
川端康成① 著
小竹 译

父母心

　　轮船从神户港开往北海道，当驶出濑（lài）户内海到了志摩海面时，在聚集在甲板上的人群中，出现了一位衣着华丽、引人注目、年近四十岁的高贵夫人。有一个老女佣和一个侍女陪伴在她身边。

　　离贵夫人不远，有个四十岁左右的穷人，他也非常引人注目。他带着三个孩子，最大的七八岁。孩子们看上去个个聪明可爱，可是每个孩子的衣裳都污迹斑斑。

　　不知为什么，贵夫人总看着这父子们。后来，她在老女佣耳边嘀咕了一阵，女佣就走到那个穷人身旁搭讪（shàn）②起来：

　　"孩子多，真快乐啊！"

　　"哪儿的话！老实说，我还有一个吃奶的孩子。穷人孩子多了更苦。不怕您笑话，我们夫妻已没法子养育这四个孩子了，但又舍不得抛弃他们。这不，现在就是为了孩子们，一家六口去北

---

①川端康成（1899—1972），日本作家，1968年诺贝尔文学奖获得者。
②搭讪：为了跟人接近而找话说。

海道找工作啊！"

　　"我倒有件事和你商量。我家主人是北海道函馆的大富翁，年过四十，可是没有孩子。夫人让我跟你商量，是否能从你的孩子当中领养一个做她家的后嗣（sì）①。如果行，夫人会给你们一笔钱作酬谢。"

　　"那可是求之不得啊！可我还是和孩子的母亲商量商量再决定吧。"

　　傍晚，轮船驶进相模滩时，那个男人和妻子带着大儿子来到贵夫人的舱房。

　　"请您收下这小家伙吧！"

　　夫妻俩收下了钱，流着眼泪离开了贵夫人的舱房。

_____

①后嗣：后代。

第二天清晨，当船驶过房总半岛时，父亲拉着五岁的二儿子出现在贵夫人的舱房。

"昨晚，我们仔细地考虑了好久。不管家里多穷，我们也该留着大儿子继承家业。把长子送人，不管怎么说，都是不合适的。如果允许，我们想用二儿子换回大儿子！"

"完全可以。"贵夫人愉快地回答。

这天傍晚，母亲又领着三岁的女儿到了贵夫人的舱房，很难为情地说：

"按理说，我们不该再给您添麻烦了。我二儿子的长相、嗓音极像我死去的婆婆。把他送给您，总觉得像是抛弃了婆婆似的，实在太对不起我丈夫了。再说，孩子五岁了，也开始记事了。他已经懂得是我们抛弃他的。这太可怜了。如果您允许，我想用女儿换回他。"

贵夫人一听是想用女孩换走男孩，稍有点不高兴，但看见母亲难过的样子，也只好同意了。

第三天上午，轮船快接近北海道的时候，夫妻俩又出现在贵夫人的舱房里，什么话都没说就放声大哭起来。

"你们怎么了？"贵夫人问了好几遍。

父亲抽泣着说："对不起。昨晚我们一夜没合眼，女儿太小了，真舍不得她。把不懂事的孩子送给别人，我们做父母的，心太狠了。我们愿意把钱还给您，请您把孩子还给我们。与其把孩子送给别人，还不如全家一起挨饿……"

贵夫人听着流下了同情的泪：

"都是我不好。我虽没有孩子，可理解做父母的心。我真羡慕你们。孩子应该还给你们，可这钱要请你们收下，这是对你们父母心的酬谢，就当作你们在北海道做工的本钱吧！"

树叶的香味

携手阅读

作家为小说中这对贫穷的父母安排了一次特别的考验，从而让他们有机会把自己对于三个孩子的难以割舍的爱，完整而细致地比较了一遍。这份爱不是以物质条件的丰薄来衡量的，也不会因物质生活的高下而有所区别。不论贫苦与富贵，对父母而言，孩子永远是他们心中最大、最满的那个湖。

父亲和作业本

李成义　著

我老家在甘肃天水的一个小山沟里。小时候，家里很穷。我上小学一、二年级时，父亲对作业本的控制就非常严格，一学期只给32开的两个小本本，并立下规定：这小本本是交给老师看的，平时只能在院子里的空地上写字。他为此还给了我许多小竹棍。就连在两个小本上如何写字，父亲都规定得细细的：一页要分成三十行，一行得写三十个字，正面写完还得从反面再写。对这些规定，我没什么可说的，我知道家里每年都为几个小本本而发愁。父亲一字不识，但会数数。过几个晚上，父亲就会坐在炕头点着油灯，翻开我的作业本，一个字一个字地数，从左向右数到三十，再从上到下数到三十，最后还得一页页地数，看掉页了没有。每次数完，父亲总是拍着我的背直夸：

"我的娃，没费，没费。"

当我读到小学三年级时，家里的负担又重了一筹，因为我的作业本增加到了三本。一件不愉快的事也就发生在这新增加的

树叶的香味

作文本上。一天晚上，我趴在炕头的煤油灯下写作文，正写得起劲时，旁边的父亲突然朝我大吼起来："娃——你怎么学坏了？瞎眼了？"他那粗糙的手指已经按在作文本上的两个空格处。我明白父亲的意思，立即分辩道："老师说的，一段话的开头就要空两个字。"父亲不容置辩，他顺手拿起作文本往前一翻，正好翻到作文的最开头，两个字的作文题目竟占了一行！父亲被我的"浪费"激怒了，还没等我进一步解释，我的头就梆梆地被打了两下，第三下打过来时，煤油灯翻了，屋里立刻漆黑一片。黑夜里，母亲的劝阻声、父亲的叫骂声、我的哭泣声和一股浓浓的煤油味搅和在一起，糟得很。母亲摸火柴摸不着。记得那晚上我是在父亲的骂声中哭哭啼啼地和衣睡着的。

两个小本本一时中断也是常有的事。记得一年秋季开学已一个星期了，我的作业本还没有着落。一天早晨，父亲挑着两大捆荞麦秆儿到二十里外的县城给我换写字本去了。黄昏时分，我在父亲归来的路上等他，不知过了多长时间，远处出现三个摇摇晃晃的黑影，而中间那个瘦小的黑影确是父亲的模样，我料定两捆荞麦秆儿没有卖成又挑了回来。我急忙赶上前去，父亲看了看我，极难为情地说："今儿个荞麦秆儿没人要，天又晚了，就挑了回来。"第二天一大早，当我醒来时，家里空无一人，父亲和母亲又挑着两大捆荞麦秆上县城赶集去了。

父亲对本本的充分利用还体现在两次"回收"上：头一次是把我用铅笔写过的作业本收过去，再让上中学的哥哥用钢笔写一遍；等哥哥写完，父亲再把作业本收过去归自己"享用"。父亲"享用"本子如同村里大多数家长一样，简单而原始。父亲将一张张小纸切割成一叠叠的小条，烟瘾袭来，他便拿出一张小纸条卷一根旱烟吧嗒吧嗒地抽起来。抽旱烟时是父亲一天最高兴的时候。每当此时，我就围着父亲扑打他吐出的一个个烟圈儿。也就在这时，父亲那苍老的面孔上才堆积出一片笑容。

往后，贫困有增无减。当我上五年级时，贫困终于把父亲撵出了村子。那年秋天的一个上午，父亲怀里揣着一个洋瓷大碗，胳膊下夹着一件破棉大袄到省城卖苦力去了。

三个月后，父亲背着个大布包回来了，一抖，布包里抖出来许多大小不一的本子，本子都已经写过。父亲说，城里人有钱，本子背面都不写，自己就捡了回来。用这些被丢弃的本子，我又写了两年，一直写到初中二年级。

再后来，贫困把我从校园里撵了出来。那年我十六岁，读了三个月的高一。不读书便是农民。当我跟着父亲奔波在黄土地上辛勤劳作时，父亲和作业本的故事也就结束了。

牵手阅读

树叶的香味

这是一篇纪实性的回忆散文。作者选择了一个十分特别的展开点——作业本——来书写自己童年时代一些特别的记忆。因为隔开了时与空的距离，文章得以用客观的笔法和冷静的叙事，将曾经的人、事和物，仿佛不动声色地复述出来；而曾经浓烈的情感内容，则被冷却、冻结，沉入了时间的底部。然而正是这种主观情感的冻结和沉淀，让这篇散文具有了一种难以言传的真实和令人震撼的效果，尤其是文章中一些细节的呈现，比如父亲因儿子"浪费"作文本而震怒的场景，满纸尽是酸涩的幽默，令人感慨。文章只是叙事，绝少描绘父亲的体貌等，但于字里行间，我们分明看到了一位真实的乡村父亲的剪影以及一个儿子对父亲的深深怀念。

[美国]
卡斯林·诺利斯 著
黄育林 译

童心与母爱

一

在我十四岁的那年夏天，我和妈妈还有几个比我小的孩子在一个海滨度假。

一天早晨，我们在海滨散步时遇见一位美貌的母亲——韦伯斯特夫人。她身边带着两个孩子，一个是十岁的纳德，另一个是稍小一点的东尼。纳德正在听他妈妈给他读书。他是个文静的孩子，看上去像刚刚生过一场病，身体还没有完全恢复。东尼生着一双蓝色的眼睛，长着一头金黄色的鬈（quán）发，像是一头小狮子，既活泼，又斯文。他能跑善跳，逗人喜欢，生人碰到他总要停下来跟他逗一逗，有的人还送他一些玩具。

一天，游客们正坐在海滨的沙滩上休息，我弟弟突然对大家说，东尼是个被收养的孩子。大家一听这话，都惊讶地互相看了看，但我发现，东尼那张晒黑了的小脸上却流露出一种愉快的表情。

"这是真的吗，妈妈？"东尼大声说道，"妈妈和爸爸想再要一个孩子，所以他们走进一个有许多孩子的大屋子里。他们看了看那些孩子后说：'把那个孩子给我们吧！'那个孩子就是我！"

"我们去过许多那样的大屋子，"韦伯斯特夫人说，"最后，我们看上了一个我们怎么也不能拒绝的孩子。"

"但是，那天他们没有把那个孩子给你们，"东尼说，他显然是在重述一个他已熟知的故事，"你在回家的路上不停地说：'我希望我们能得到他……我希望我们能得到他。'"

"是的，几个星期以后，我们就得到了。"韦伯斯特夫人说。

东尼伸出手，拉着纳德："来，我们再到水里去！"孩子们像海鸥似的冲到海边的浪花里。

"我真想不通。"我妈妈说，"谁舍得抛弃这样一个可爱的孩子呢？"过了一会儿，她又补充道："明明知道他是被人收养的，他却丝毫不感到惊讶。"

"相反，"韦伯斯特夫人答道，"东尼感到极大的快乐，似乎觉得这样他的地位更荣耀。"

"你们确实很难把这件事告诉他。"我妈妈说。

"事实上，我们并没有告诉过他。"韦伯斯特夫人回答说，"我丈夫是个军队里的工程师，所以我们很少定居在什么地方，谁都以为东尼和纳德都是我们的儿子。但是，六个月前，在我丈夫死后，我和孩子们碰上了一位我多年不见的朋友。她盯着那个小的，然后问我：'哪个是收养的呀，玛丽？'"

"我用脚尖踩她的脚，她立刻明白了过来，换了个话题，但孩子们都听见了。她刚一走开，两个孩子就拥到我的跟前，望着我，所以，我不得不告诉他们。于是，我就尽我的想象力，编了个收养东尼的故事……你们猜，结果怎么样？"

我说："什么也不会使东尼失去勇气。"

"对极了！"他的妈妈微笑着应道，"东尼这孩子虽然比纳德小一些，但他很坚强。"

二

在韦伯斯特夫人和她的孩子们将要回家的前一天，我和我妈妈在海滨的沙滩上又碰见了她。这次她没有把两个孩子带来。我妈妈夸奖了她的孩子，还特别提到了小纳德，说从来没有见过一个孩子对他的母亲有这样深的爱，文静的小纳德竟对他母亲如此地依赖和崇拜。

不料夫人说道："你也是一位能体谅人的母亲，我很愿意把事实告诉你：实际上东尼是我亲生的儿子，而纳德才真是我的养子。"

我妈妈屏住了呼吸。

"如果告诉他，他是我收养的，小纳德是受不了的。"韦伯斯特夫人说，"对于纳德来说，母亲意味着他的生命，意味着自尊心和一种强大的人生安全感。他和东尼不同，东尼这孩子很刚强，是一个能够自持的孩子，还从来没有什么事情使他沮丧过。"

三

去年夏天，我在旧金山一家旅馆的餐厅里吃午饭。临近我的餐桌旁坐着一位高个子男人，身着灰色的海军机长的制服。我仔细观察了那张英俊的脸庞和那双闪烁着智慧的眼睛，然后走到他跟前。我问："你是东尼·韦伯斯特先生吗？"

原来他就是。他回忆起童年时我们一起在海滨度过的那些夏日。我把他介绍给我丈夫。然后，他把纳德的情况简单地告诉了我们。纳德大学毕业后，成了一位卓有成就的化学家，但他只活到二十八岁就死了。

"母亲和实验室就是纳德那个世界里的一切。"东尼说，"妈妈曾把他带到新墨西哥去，让他疗养身体，但回来后他又立即回到他的实验室里去了。他在临死之前半小时，还忙着观察他的那些试管。他死的时候，妈妈把他紧紧搂在怀里。"

"你妈妈什么时候告诉你的，东尼？"

"你好像也知道？"

"是的，她早就告诉过我和我妈妈，但我们都一直保守着这个秘密。"

东尼眼睛里闪烁着晶莹的泪花，沉默了好一会儿。

"我很难想象，在我的一生中，我还能否献出比母亲已经献出的爱更加深切的爱。"他说，"现在我自己也有了一个孩子，我开始思索，在这二十多年里，母亲为了不去伤害养子那颗天真无邪的童心，而把亲生儿子的位置让给他，她自己心里会是怎样一种滋味……"

树叶的香味

汤素兰① 著

驴家族

　　七岁那年，我妈在医院住了一段时间，回来的时候，怀里抱着一个弟弟。从此以后，爷爷、奶奶、爸爸、妈妈，他们的眼睛全都盯在弟弟那张皱巴巴的小脸上了。我独自坐在屋门前的竹林里生气。生了一会儿气以后，我觉得自己完完全全变成了一个孤儿。我开始怀疑：也许我根本就不是我爸爸妈妈亲生的，只有这个弟弟才是他们的亲骨肉。我越想越觉得只有这样才能解释为什么他们那么喜欢他。这个问题让我彻夜难眠，让我坐立不安。我开始竖起耳朵听家里人的脚步声，听他们的谈话；我开始斜着眼睛看他们。因为我想从他们的言谈举止中，看出一点儿蛛丝马迹，听出一点儿什么破绽来；因为只有这样，我才能找到我真正的家、我的亲人。

　　我的眼睛因为总是斜着看人，慢慢地，就变成了斜视；我的耳朵因为总是渴望听到秘密而越长越长。到我十五岁那年，我

---
①汤素兰，女，生于1965年，儿童文学作家。

变成了一个斜眼，还长着一对又尖又长的驴耳朵。长成这么个模样，对一个女孩子来说，真是灾难。

快乐的是我的弟弟。他喜欢揪我的耳朵玩儿。因为我的耳朵是如此与众不同，所以他还以为那是一种特别新奇的玩具呢。他经常问我："姐姐，为什么我不能长出同你一模一样的耳朵来？"他还异想天开："姐姐，你把你的耳朵给我，好不好？我用我的耳朵跟你换，好不好？"

只要他跑到我跟前，我就对他吼叫："傻瓜！离我远点儿！"

我从学校退学了，我羞于见人。可奶奶偏偏说，我的样子很漂亮。她甚至还把她当年做新嫁娘时戴过的一副银耳环给了我，让我戴在我的两只又长又尖的驴耳朵上。

我怀疑她是想出我的丑，但那对耳环实在是漂亮，简直漂亮极了。我当时在心里已经做出了一个决定。那个决定让我自己非常伤心，让我觉得我是这个世界上最可怜的人。我仔细地想了一遍我所度过的十五年的岁月。我记得有些夏天的晚上，我躺在奶奶的怀里看天上的星星，奶奶用扇子给我扇风。我记得有些冬天的早上，外面大雪纷纷，爷爷会牵着我的手，送我到附近的学校去上学。我记得有些明媚的春天，妈妈带我去走亲戚的时候，总要从灶上的大铁锅上抹一点儿黑黑的烟灰，涂在我的额上："我的女儿这么漂亮，可别让路上的人抢走了！"我记得有些秋天，爸爸从山外面回来，打老远就会喊："我的漂亮的女儿在哪里呢？快来穿我给她买的新衣裳呀！"

我强迫自己反复想这些事情，想他们对我的好。想起这些的时候，我觉得自己变得无比宽容了。我为自己能如此宽容而感动。我决定从他们家（在心底里我已经不把这个家当成自己的家了）带走一样东西，留作纪念。

于是，我接受了奶奶给我的耳环，让妈妈亲手把它们戴在我

树叶的香味

的驴耳朵上。

爷爷和爸爸在一旁看着，他们说："这孩子，真是越来越漂亮了！"

我觉得他们简直虚伪透顶！他们明明看见我长着一对驴耳朵，明明知道我是斜眼，还说出这样的话。什么意思嘛！可恶！

在我们家的房子后面，有一座很高很高的山，山坡陡峭，岩石坚硬。每天晚上，在他们都熟睡了之后，我便悄悄起床，扛着一把十字镐，到山坡上去挖洞。我要挖一个洞，把自己埋起来。

一年以后，洞够深了，洞口的伪装也准备停当。现在想起来，我依然觉得我挖的那个洞，简直是天才的设计。

一天晚上，趁他们熟睡后，我离开了他们。这一次，我没有带十字镐。我把自己打扮得很漂亮，我的驴耳朵上，戴着那副银光闪闪的耳环。我把自己关在那个黑糊糊的洞里，用砖头和泥块把洞口堵死了。我不想再离开我的洞穴，我不想再见到我的家人。

不知道过了多少天。

不知道又过了多少天。

我想我早就已经死了。

我死了，我再也不用担心我的斜眼和我的驴耳朵了。我再也不用去想我究竟是谁，究竟是什么样的父亲母亲狠心地把我抛弃了，让我在现在的这个家庭里长到了十六岁。

但是，我的家人发现了我。确切地说，首先是我的弟弟发现了我。他玩耍的时候，再没有一对大耳朵可揪了，觉得怪寂寞的。于是，他开始找我。当他开始找我的时候，我的爷爷奶奶便跟着他一起找。当我的爷爷奶奶开始找我的时候，我的爸爸妈妈也开始找我了。自从有了弟弟以后，他们做每件事情总是按这样的顺序进行的。

他们在我的房间里找到了十字镐。十字镐已经磨钝了，但十字镐上留下了后山坡上的一些泥土。他们来到后山，在山坡上找到了和十字镐上的残渣一样的泥土，在岩石上找到了被刨挖过的痕迹。爸爸妈妈挥舞十字镐，爷爷奶奶用手扒开泥土和砖块。弟弟最先冲进洞里，他叫了起来："爸爸妈妈！爷爷奶奶！你们快来看！这里有一头驴子！"

弟弟从山洞里牵出了一头驴子！

我以为我死了，其实没有。我在山洞里待了半个月。在这半个月里，我已经完完全全地变成了一头驴子。如果不是我的耳朵上还戴着奶奶的银耳环，我想他们绝对是认不出我来的。

他们用手抚摸着我光滑的驴皮。我挥动尾巴，狠狠地抽打他们的手，大吼一声："你们别碰我！"

可是，我只发出了"咴（huī）——咴——"的声音。

我看见他们的嘴在动，我听见了一连串咕噜咕噜声，我知道那一定是他们在说话。可是，他们说的什么，我再也听不懂了。我看见他们在哭；我看见他们的眼睛里，泪水晶莹；我看见那些晶莹的泪水从他们的眼眶里流出来，流过面颊。我的内心一阵冲动，我朝他们靠过去，我靠在爸爸、妈妈、爷爷、奶奶的身边，我让他们的手抚摸我光滑的驴皮。他们流过面颊的眼泪掉下来，落在我的身上。我突然明白了：不管我是不是他们的孩子，他们真的非常非常爱我！哪怕我是斜眼，长着一对驴耳朵，他们也认为我是天下最漂亮的女孩！

弟弟不知道这头驴子就是我变的，但他为家里添了一头驴子而兴高采烈。他整天围着我转。我不再躲开他了。我侧过头去，用头蹭（cèng）①他小小的身子。我把耳朵伸到他胖胖的小手心里，让他能揪到。他的手很柔软。他常常抱着我的头，和我说话："小驴子，你知道我的姐姐去哪里了吗？她的耳朵像你的耳

①蹭：摩擦。

朵，她是我最好最好的姐姐！她总是跟我一起玩儿……"

说着说着，他常常也会哭起来。当他的眼泪滴在我光滑的驴皮上时，我的心总有一种要碎了的感觉。

我现在很想告诉弟弟："我爱你！"可是，我只能发出"咴——咴——"的驴叫声。

有一天，奶奶对爷爷说，她要出门到亲戚家去一趟，恐怕十天半月回不来。"你不要找我！到时候，我自己会回来的！"奶奶说。

爷爷点点头。

奶奶走后，弟弟天天哭着叫着要找奶奶。爷爷告诉他："乖孙子，奶奶会回来的！"

半个月以后，爸爸妈妈扛着十字镐，爷爷带着弟弟，弟弟牵着我，我们一起上了后山，来到我以前待过的洞穴前。洞口又被砖头和泥块堵死了。爸爸妈妈刨开泥块和砖头。弟弟冲进洞里，他叫了起来："爸爸妈妈！爷爷！你们看，又一头驴子！"

弟弟又牵出了一头驴子。

"咴——"那头驴子对我叫了一声。

"咴——咴——"我对那头驴子叫了两声。

奶奶已经变成了驴子。

夜晚，当家人都熟睡之后，我和奶奶躺在牲口棚里金黄的干草堆上，一边看星星，一边说话。我们说的都是驴子的语言，彼此都能听懂。

奶奶说："孩子，我实在怕你太孤单了，怕你不能照顾自己，才决定变得跟你一模一样的……"

"我知道！我知道！"我把头埋在奶奶的怀里，轻轻地说。

"可是我现在又担心你爷爷太孤单了，不能好好照顾自己……"

"我知道，我知道……"我的声音更轻了。

自从奶奶变成驴子以后，爷爷常常一整天一整天地坐在牲口棚前发呆。

有一天，爷爷失踪了。

爸爸妈妈一定早猜到爷爷早晚会有这一天，因此，爷爷失踪后，他们一点儿也不着急。倒是弟弟整天哭哭啼啼的："我要爷爷！我要奶奶！我要姐姐！"

爸爸妈妈被他吵得没办法，只好把他紧紧地抱在怀里，告诉他："他们会回来的！会回来的！"

半个月后，爸爸妈妈扛着十字镐，带着弟弟，弟弟牵着我和奶奶，又一次来到了后山的山洞前。山洞再一次被砖头和泥块堵住了。

爸爸妈妈挖开洞口，刨掉砖头和泥块。弟弟冲进洞里，他叫了起来："爸爸妈妈，你们快看呀！又一头驴子！"

我马上就明白了，这头驴子是爷爷变成的。奶奶朝爷爷跑过去，他们的头靠在一起亲热地摩擦，尾巴甩来甩去。

弟弟说："爸爸妈妈，你们看，这两头驴子在亲嘴呢！"

爸爸妈妈把弟弟紧紧地抱在怀里，痛苦地闭上了眼睛。

那天晚上，我和爷爷奶奶躺在牲口棚的干草堆上，说了好久好久的话。爸爸妈妈抱着弟弟，一直坐在牲口棚前。他们看一会儿我们，又说一会儿话；我们也看一会儿他们，又说一会儿话。有的时候，我们彼此看着，什么都不说。我们的语言各不相同，他们说的是人话，而我们说的是驴话，我们彼此听不懂对方在说些什么。只有当我们的眼睛相望时，我们才深知：我们是一家人。

我以前有一个习惯——每天早上醒来，总要到家里的每个房间里去看一看。即便变成了驴子以后，我的这个习惯也没有改变。

第二天早上，我醒得很晚。我醒来的时候，太阳已经升到了屋前的竹林上方。我走出牲口棚，到每间房子里去转悠。我发

现，爸爸妈妈不在房子里，弟弟也不在房子里。

我的心怦怦怦一阵狂跳，来不及多想，我撒开蹄子朝后山跑去。我来到我曾经待过的那个山洞前。谢天谢地，山洞并没有被砖头和泥块堵住。我冲进山洞，山洞里空荡荡的，没有爸爸妈妈，没有弟弟，也没有驴子。

我"咴——咴——咴咴——"地叫起来，我是用驴子的话在叫："爸——妈——弟弟——"

爷爷奶奶听见我的叫声，立即跑过来，和我一起寻找。我们找遍了后山，找遍了家里的每一个角落，都没有找到爸爸妈妈和弟弟。

最后，爷爷说："我们不用找了，他们已经走了。"

接着，爷爷告诉我一个秘密：我们家族的人，都有一个特殊的本领——能变成驴子。

接着，奶奶告诉了我另一个秘密：弟弟不是我妈亲生的，而是妈妈在医院门口的台阶上捡来的。

接着，我知道了爸爸妈妈离开我们的真正原因。爸爸妈妈如果再留下来，他们会因为渴望和我们交谈，渴望和我们生活在一起，而忍不住跑进山洞里去，变成和我们一样的驴子。如果他们也变成了驴子，那么谁来照顾弟弟呢？弟弟还那么小，而他又不是我们驴家族的成员，无法像我们一样变成驴子。

我一直和爷爷奶奶住在乡下。

每到黄昏，我都会站在竹林里，望着门前的小路，等待着爸爸妈妈回来。

他们也许会回来，也许不会，但是我的心里，充满了对他们的温柔的思念。

　　《童心与母爱》中的这位母亲拥有一种平静而质朴的伟大，她能够收藏起对于自己孩子的深挚的爱，而把被爱的权利，首先给予更需要这份爱的养子。在童话《驴家族》中，来自驴家族的"我"的父母，面对抱养来的弟弟，做出了同样艰难而伟大的选择。作家不寻常的设计使这则以亲情和奉献为旨归的童话，具有了一种深切的忧伤，它在带给我们感动的同时，也让我们感受到，很多时候，爱也是一件不得不带给人困惑和哀伤的事情。

树叶的香味

送给妈妈的礼物

妈妈，世界上最温柔、最甜蜜的一个词。它意味着无所保留的奉献、不求回报的付出，还有永无止境的爱的勇气。送给妈妈的礼物，一定最特别，也最美好。

[美国]
威廉·麦加菲① 著
张丽雪等 译

妈妈的礼物

树叶的香味

杰西和妈妈开了一个很棒的玩笑，让我讲给你们听。

杰西、杰米和乔一起到树林里去采集圣诞节时装饰房间用的绿色树枝。

杰西戴着小帽子，身穿白色皮大衣和红色的套裤。杰西原本是一个快乐的小女孩，但是那天早晨她感到很难过，因为妈妈说："所有的孩子都会得到圣诞礼物，但我作为妈妈就得不到了，因为今年我们太穷了。"

杰西把妈妈的话告诉了自己的兄弟们，他们为此在一起展开了很长时间的讨论。

杰米说："如此慈爱的妈妈竟然没有圣诞礼物，这简直太糟糕了！"

"我不喜欢这样。"小杰西含着眼泪说。

"噢！她有你呀！"乔说。

①威廉·麦加菲（1800—1873），美国作家、教育家。

"但我并不是什么新鲜的东西呀！"杰西说。

"等你再回到家的时候，你就会是新的了。"乔说，"因为她已经有一个小时没有看到你了。"

杰西边跳边笑："那就把我放进篮子里带给妈妈吧！就当我是她的圣诞礼物吧！"

于是，他们把杰西放进篮子里，在她的周围放满绿色的树枝。这真是一次快乐的旅行。他们把篮子放在门口的台阶上，然

后进门对妈妈说："妈妈，外面有一份给您的圣诞礼物。"

妈妈跑出去一看，她的小女儿正坐在一篮绿树枝中冲她笑呢！"这正是我最想要的。"妈妈说。

"亲爱的妈妈，"杰西从树叶巢中跳出来说，"我觉得，对妈妈们来说，每天都应该是圣诞节，因为她们每天都可以看到自己的小女儿呀！"

故事中想送妈妈一件礼物的孩子们和收到这件"礼物"的母亲，都令我们感到一种辛酸的温暖和感动。真的，在妈妈看来，每一个孩子都是她在这世上能够收到的最好的馈赠和安慰。

树叶的香味

朱建勋 著

我的傻瓜妈妈

一个偶然的机会，我听朋友说，台北小学一至六年级的学生每人写了篇主题为"母亲"的作文，第二天在学校礼堂举行获奖作文朗读会。出于好奇，我去作了采访。

刚开始的时候，总是听到孩子们朗诵"我的妈妈是天下最伟大、最好的妈妈"，千篇一律的内容真使人想打瞌睡。我心中盘算，再听几位小朋友朗读完，就先行离去。不料，下一位上台的女孩开口的头一句话，便使我大吃一惊。

她首先以清脆悦耳的声音高声地念出作文题目，并作自我介绍：

《我的妈妈是个傻瓜》，（大笑），五年级，甲班，陈小华。

我的妈妈是真正的傻瓜，她经常做错事。有好几次，妈妈做菜做到一半就去晒衣服，结果锅里的汤汁都溢了出来。她为了把火关掉，一紧张，就把还没有挂上竹竿的衣服全丢在地上。结果衣服弄脏了，锅子也被她弄翻了，两边都是一塌糊涂。

这时，我的傻瓜妈妈就会以滑稽的表情，红着脸向我爸爸道歉："我真差劲，对不起呀！下次我会注意的！"

爸爸就会笑着回答说："你真蠢。"

不过，我认为说这话的爸爸也一样是傻瓜爸爸。（大笑）。有一天早上，大家正在吃早饭的时候，爸爸突然慌慌张张地从房间里面奔出来，他一边穿上衣、打领带，一边找公文包，找到以后说了声"啊，糟啦，来不及了"，就奔出了大门。

"放心，他一会儿就会回来的。"妈妈倒是相当镇静。

果然不出所料，爸爸没多久就走回来，而且很不好意思地挠着头说："你们看，我空忙了一场，竟然忘了今天是星期天呢！哈哈——"

这就是我说爸爸也是傻瓜的原因。

由这种爸爸和妈妈所生下的我，当然不可能是聪明的，弟弟也一样是傻瓜，我家里的每一个人都是傻瓜。（笑）。可是我——

（全场突然安静下来。）

我非常喜欢我的傻瓜妈妈，我比世界上任何一个人都要喜欢她。（观众席中许多母亲不禁拿出手帕来擦眼泪。）

我长大以后，也要变成像傻瓜妈妈一样的女人，和像我的傻瓜爸爸一样的男人结婚，生小孩，然后抚养像我一样的傻瓜姐姐和像弟弟一样的傻瓜弟弟，变成像我现在的家一样温暖又快乐的家庭。请傻瓜妈妈一定保持健康，等到那时候。（大家纷纷流泪。）

等到这个小女孩朗诵结束以后，我才看清原来这是一位身穿学生服，外罩红毛衣，扎着两条小辫子的女学生。她在泪水、笑容和鼓掌声中走下讲台，然后跑到因高兴而流泪的"傻瓜妈妈"身边。

毕淑敏① 著

额头与额头相贴

如今，家家都有体温表。苗条的玻璃小棒，头顶银亮的铠甲，肚子里藏一根闪烁的银线，只在特定的角度瞬息一闪。捻动它的时候，仿佛是打开包裹着幽灵的咒纸，病了或是没病，高烧还是低烧，就在焦灼的眼神前现出答案。

小时家中有一支精致的体温表，银头好似一粒扁杏仁。它装在一支粗糙的黑色钢笔套里。我看过一部间谍小说，说情报就是藏在没有尖的钢笔里，那个套就更有几分神秘。

妈妈把体温表收藏在我家最小的抽屉——缝纫机的抽屉里。妈妈平日上班极忙，很少有工夫动针线，那里就是家中最稳妥的存放东西的地方。

大约七八岁的我，对天地万物都好奇得恨不能吞到嘴里尝一尝。我跳皮筋回来，经过镜子，偶然看到我的脸红得像在炉膛里烧好可以夹到冷炉子里去引火的煤炭。我想我一定发烧了，我觉

---

① 毕淑敏，女，生于1952年，当代作家。

得自己的脸可以把一盆冷水烧开。我决定给自己测量一下体温。

我拧开黑色笔套，体温表像定时炸弹一样安静。我很利索地把它夹在腋下，冰冷如蛇的凉意，从腋下直抵肋骨。我耐心地等待了五分钟，这是妈妈惯常守候的时间。

时间终于到了。我小心翼翼地把它拿出来，像妈妈一样眯起双眼把它对着太阳晃动。

我什么也没看到，体温表如同一条清澈的小溪，鱼呀、虾呀一概没有。

我百思不解。难道我已成了冷血动物，体温表根本不屑于告诉我温度是多少了吗？

对啦！妈妈每次给我夹表前，都要把表狠狠甩几下，仿佛上面沾满了水珠。一定是我忘了这一关键操作步骤，体温表才保持缄默。

我拈起体温表，全力甩去。我听到背后发出犹如檐下冰凌折断般的清脆响声。回头一看，体温表的扁杏仁裂成无数亮白珠子，在地面上轻盈地颤动……

罪魁是缝纫机板锐利的折角。

怎么办啊？

妈妈非常珍爱这支体温表，不是因为贵重，而是因为稀少。那时候，水银似乎是军用品，寻常百姓极少能接触到，体温表就成为一种奢侈品。楼上楼下的邻居都来借用这支表，每个人拿走它时都说："请放心，绝不会打碎。"

现在，它碎了，碎尸万段。我知道任何修复它的想法都是痴心妄想。

我望着窗棂发呆，看着它们由灼亮的柏油样棕色转为暗淡的树根样棕黑色。

我祈祷自己发烧，发高烧。我知道妈妈对得病的孩子格外怜

爱，我宁愿用自身的痛苦赎罪。

妈妈回来了。

我默不作声。我把那只空钢笔套摆在最显眼的地方，希望妈妈主动发现它。我坚持认为被别人察觉错误比自己承认错误要少些恐怖，我愿意接受任何惩罚，我不想凭自首减轻惩罚。

妈妈忙着做饭。我的心越发沉重，仿佛装满水银。（我已经知道水银很沉重，丢失了水银头的体温表轻飘得像支秃笔。）

实在等待不下去了，我飞快地走到妈妈跟前，大声说："我把体温表给打碎了！"

每当我遇到害怕的事情，我就迎头跑过去，好像迫不及待的样子。

妈妈狠狠地把我打了一顿。

那支体温表消失了，它在我的感情里留下一个黑洞。潜意识里我恨我的母亲，她对我太不宽容！谁还不曾失手打碎过东西？我亲眼看见她打碎了一个很美丽的碗，随手把两片碗碴儿一摞，丢到垃圾堆里完事。

大人和孩子，是如此不平等啊！

不久，我病了。我像被人塞到老太太裹着白棉被的冰棍箱里，从骨头缝里往外散发寒气。"妈妈，我冷。"我说。

"你可能发烧了。"妈妈说，伸手去拉缝纫机的小屉，但手臂随即僵在半空。

妈妈用手抚摸我的头。她的手很凉，指甲周围有几根小毛刺，把我的额头刮得很痛。

"我刚回来，手太凉，不知你究竟烧得怎样，要不要赶快去医院……"妈妈拼命搓着手指。

妈妈俯下身，用她的唇来吻我的额头，以试探我的温度。

母亲是严厉的人。从我有记忆以来，她从未吻过我们。这一次，因为我的过失，她吻了我。那一刻，我心中充满感动。

妈妈的口唇有种菊花的味道，那时她患有很严重的贫血，一直在吃中药。她的唇很干热，像外壳坚硬内瓤却很柔软的果子。

可是妈妈还是无法判断我的热度。她扶住我的头，轻轻地把她的额头与我的额头相贴。她的眼睛看定我的眼睛，因为距离太近，我看不到她全部的脸庞，只感到一片灼热的苍白。她的额头像碾子似的滚过，用每一寸肌肤感受我的温度。她自言自语地说："这么烫，可别抽风……"

我终于知道了我的错误的严重性。

后来，弟弟妹妹也有过类似的情形。我默然不语，妈妈也不再提起，但体温表树一样栽在我心中。

终于，我看到了许多许多支体温表。那一瞬间，我脸上肯定写满贪婪。

我当了卫生兵，每天需给病人查体温。体温表插在盛满消毒液的盘子里，好像一位老人生日蛋糕上的银蜡烛。

多想拿走一支还给妈妈呀！可医院的体温表虽多，管理也很严格。纵使打碎了，原价赔偿，也得将那破损的"尸骸"附上，方予补发。我每天对着成堆的体温表处心积虑摩拳擦掌，就是无法搞到一支。

后来，我做了化验员，离体温表更遥远了。一天，部队军马所来求援，说军马们得了莫名其妙的怪症，他们的化验员恰好不在，希望给人看病的医生们伸出友谊之手。老化验员对我说："你去吧！都是高原上的生命，不容易。人兽同理。"

一匹棕色的军马立在四根木桩内，马耳像竹笋般立着，双眼皮的大眼睛贮满泪水，它好像随时会跌跪在地。我以为要从毛茸茸的马耳朵上抽血，颤颤巍巍不敢上前。

兽医们从马的静脉里抽出暗紫色的血。我认真检验，详细地

树叶的香味

写出报告。

我至今不知道那些马们得的是什么病，只知道我的化验结果对于它们的医治起了至关重要的作用。

兽医们很感激我，说要送我两筒水果罐头作为酬劳。在维生素匮乏的高原，其价值不亚于一粒金瓜子。我再三推辞，他们再三坚持。想起人兽同理，我说："那就送我一支体温表吧！"

他们慨然允诺。

春草绿的塑料外壳，粗细大小若小手电。玻璃棒如同一根透明铅笔，所有的刻度都是洋红色的，极为清晰。

"准吗？"我问。毕竟这是兽用品。

"很准。"他们肯定地告诉我。

我珍爱地把它用手绢包起。本来想钉个小木匣，立时寄给妈妈，又恐关山重重雪路迢迢，在路上震断，毁了我的苦心，于是耐着性子等到了我作为一个士兵的第一次休假。

"妈妈，你看！"我高擎着那支体温表，好像它是透明的火炬。

那一刻，我还了一个愿。它像一只苍鹰，在我心中盘桓了十几年。

妈妈仔细端详着体温表说："这上面的最高刻度可测到46摄氏度，要是人，恐怕早就不行了。"

我说："只要准就行了呗！"

妈妈说："有了它总比没有好。只是现在不很需要了，因为你们都已长大……"

牵手阅读

一支小小的体温表，一场出于好奇闯下的童年祸事，一个妈妈试探孩子体温的吻，作者记录下了发生在女儿和母亲之间的一段日常情感故事。长大后的"我"一直惦记着被自己打碎的母亲的体温表，并用特别的方式把另一支体温表带回给了母亲。"那一刻，我还了一个愿"，却发现在这个要把体温表偿还给母亲的誓愿里，位于中心的并非体温表，而是母亲给予我们的"额头与额头相贴"的温暖。

树叶的香味

佚名

儿子

三个妇女在打井水。

一位老人坐在石头上休息。

一个妇女对另一个说道：

"我的儿子很机灵，力气又大，谁也比不上他。"

"我的儿子会唱歌，唱得像夜莺一样悦耳，谁也没有他那样好的歌喉。"另一个妇女说。

第三个妇女默不作声。

"你为什么不谈谈自己的儿子呢？"两个邻居问她。

"有什么好说的呢？"她说，"我儿子什么特长也没有！"

说着，她们装满水桶，提着走了。老人也跟着她们走去。她们走走停停，她们手臂疼痛，水溅了出来，背也酸了。

忽然迎面跑来了三个男孩：一个孩子翻着斤斗，他母亲露出欣赏的神色；另一个孩子像夜莺一般欢唱着，妇女们都凝神倾听；第三个跑到母亲跟前，从她手里接过两只沉重的水桶，提着走了。

妇女们向老人问道：

"喂，我们的儿子怎么样？"

"啊？他们在哪儿？"老人答道，"我只看到了一个儿子！"

携手阅读

　　我想谁都愿意自己是《我的傻瓜妈妈》中这样一个"傻瓜"家庭里的成员，被称做"傻瓜妈妈"的这位妈妈，也一定是世界上最幸福的妈妈。就像《儿子》的故事中那位"什么特长也没有"，却懂得从妈妈手中接过水桶的儿子的妈妈，才是最值得羡慕的一位妈妈。

树叶的香味

[印度] 泰戈尔① 著
郑振铎 译

恶邮差（chāi）

你为什么坐在那边地板上不言不动的？告诉我呀，亲爱的妈妈！

雨从开着的窗口打进来了，把你身上全打湿了，你却不管。

你听见钟已打了四下吗？这正是哥哥从学校里回家的时候。

到底发生了什么事，你的神色这样不对？

你今天没有接到爸爸的信吗？

我看见邮差用他的袋子带了许多信来，几乎镇里的每个人都分送到了。

只有爸爸的信，他留起来给他自己看。我确信这个邮差是个坏人。

但是，不要因此而不快乐呀，亲爱的妈妈！

明天是邻村市集的日子，你叫女仆去买些笔和纸来。

我自己会写爸爸所写的一切信，使你找不出一点错来。

---

①泰戈尔（1861—1941），印度诗人、哲学家，1913年诺贝尔文学奖获得者。

我要从A字一直写到K字。

但是，妈妈，你为什么笑呢？

你不相信我能写得像爸爸一样好？

但是，我将用心画格子，把所有的字母都写得又大又美。

当我写好了时，你以为我也像爸爸那样傻，把它投入可怕的邮差的袋中吗？

我立刻就自己送来给你，而且一个字母、一个字母地帮助你读。

我知道那邮差是不肯把真正的好信送给你的。

树叶的香味

这是一个孩子对妈妈的天真的心疼和安慰。用童心来揣摩关于邮差和信的一切，让这篇短短的散文诗拥有了一种稚气到极致的美和感动。

小说里的构思与描写

就像有的人喜欢食物而不喜欢烹饪一样，也有很多人喜欢听故事、读故事，却常常为写故事而感到烦恼。你得把故事的原料、配料一一准备好，还得懂得怎么把它们先后烹调和搭配起来，而且一不小心，就有可能坏了一整锅"故事汤"。不过，万事总有个学习的过程，让我们先来看一看，一篇美味的小说是怎样经过作家的构思和描写，最终被端上故事的筵席的。

［苏联］
阿纳托利·阿列克辛[①] 著
刘璧予等 译

最幸福的一天

树叶的香味

瓦连季娜·格奥尔基耶夫娜老师对我们说：

"明天开始放寒假，我相信，你们每天都将过得十分幸福，展览会啊，博物馆哪，都在等着你们呢。不过，你们也会有最幸福的一天，一定会有的！那就把它写下来，作为寒假作业。写得好的文章，我将在全班朗读！作文题目就是《我最幸福的一天》。"

我发现，瓦连季娜·格奥尔基耶夫娜总喜欢我们在作文中写上"最"字：我最可靠的朋友、我最心爱的书、我最幸福的一天……

除夕夜，妈妈和爸爸吵架了。我不知道吵架的原因，因为他们是在朋友那里迎接新年，很晚很晚才回家的，到了早晨，两人就不说话了……

这是最不好的事情！宁可他们吵一顿，闹一顿，然后就和

①阿纳托利·阿列克辛，生于1924年，苏联作家。

好。要不然，别看他们走起路来若无其事，和我讲话也是轻声细语，仿佛什么事儿也没有，但在这种情况下，我总觉得出事了。而这事儿什么时候了结呢？那是无法知道的，因为他们两人不讲话啊！这就好像在生病的时候，如果体温突然上升，哪怕升到四十摄氏度，也没什么可怕的——可以用药把体温压下去嘛；而且我总觉得，体温越高，越容易确定病因，病就越容易治好，譬如有一次医生完全以一副若有所思的样子看了看我，对妈妈说"他的体温正常"，我马上就感到很不自在。

总之，寒假的第一天，我们家里就出现了这种宁静和轻声细语，我也就没有兴致去参加枞（cōng）树游艺会了。

妈妈和爸爸吵架时，我总是非常难过，虽然在这种时候，他们对我总是有求必应，我想要什么就能得到什么。譬如，我刚说不想去参加枞树游艺会，爸爸就马上建议我到天文馆去；妈妈则说，她愿意带我去溜冰。在这种时候，他们总竭力表明，他们的争吵绝对不会影响我的生活水平，而且这和我一点儿关系也没有……

但是我很难过。在吃早饭的时候，我更加忧郁了。起先，爸爸问我：

"你向妈妈祝贺新年了吗？"

而妈妈呢？看也没看爸爸，接着说：

"给父亲把报纸拿来，我听见刚才已经送到信箱里了。"

妈妈很少把爸爸称做"父亲"，这是第一；第二，他们两人都想使我相信：不论他们之间发生了什么，这只是他们的事情。

但是，实际上这也与我有关，而且很有关系！于是，我拒绝去天文馆，也不去溜冰……"最好别让他们分开，别让他们各去各的地方。"我打定主意，"或许，到了傍晚，一切就都过去了。"

然而，他们还是一句话也不说。

如果外婆到我家来，我想，妈妈和爸爸就能和好了，他们总不能让外婆伤心。但是外婆到别的城市去了，去找她中学时代的女朋友，要十天后才能回来。

不知为什么，她总是在假期里去找这个女朋友，好像她们两人至今仍然是中学生，在其他时间不能相会似的。

我始终竭力注意观察我的父母亲。他们刚刚下班回来，我马上向他们提出各种请求，迫使他们两人都留在家里，甚至在一个房间里。对我的请求，他们总是满口答应，在这一点上，他们简直是在相互竞赛呢！而且，他们一直悄悄地、不让人觉察地抚摸着我的头。我想：他们可怜我，同情我……这就是说，发生了一件严重的事情！

瓦连季娜·格奥尔基耶夫娜老师坚信，寒假里我们每天都将过得十分幸福，她说："对这一点，我决不怀疑。"但是，已经过去整整五天了，我一点儿幸福感也没有。

我心里暗暗想道：要是他们老不讲话，那以后……我感到十分可怕，于是，我下了决心，一定要叫妈妈爸爸和好。

必须采取迅速、果断的行动。但要怎么做呢？

我记得在哪本书上见过，或在广播里听过，欢乐和痛苦能把人们联系在一起。当然，使别人痛苦容易，使别人欢乐可就难了。要给别人带来快乐，使他感到幸福，必须想方设法，必须勤奋，花力气，而破坏别人的情绪，是最轻而易举的事情！但我不想这样做。于是，我决定从令人欢乐的事情做起。

如果我仍然在上学，那我可以做一件难以实现的事情：几何得一个四分。数学女教师说我没有任何"空间概念"，为此还写了一封信给我的爸爸。而我要突然拿回来一个四分，妈妈和爸爸一定会吻我，然后他们也会相互亲吻……

但这仅仅是幻想，还没有人在假期里得过分数呢。

树叶的香味

在这些日子里，什么事情能给父母亲带来欢乐呢？

我决定在家里进行大扫除。我用抹布、刷子忙乎了好一阵子，不过真倒霉，除夕那天妈妈已亲自打扫了一整天。如果你冲洗了已经洗过的地板，用抹布擦拭没有灰尘的柜子，那又有谁能发现你的劳动成果呢？晚上，父母亲回来后，并没有注意到整个地板干干净净，而只看到我浑身邋里邋（lā）遢（ta）①。

"我做大扫除了。"我报告说。

"你能尽量帮助妈妈，这很好。"爸爸说，但没往妈妈那边看。

妈妈吻吻我，摸摸我的头，仿佛我是个父母双亡的孤儿。

第二天，虽然还是假期，但我七点钟就起来了，打开收音机，开始做早操，用湿布擦身（以前我一次也没做过）。我在家里跺着脚，大声喘着气，往身上浇水。

"父亲不妨也擦擦。"妈妈说，也没看爸爸一眼。

爸爸只摸了摸我的脖子……我差点儿哭出声来。

总之，欢乐并没有把他们连在一起，没能让他们和好……他们的欢乐是分开的，各归各的。

这时，我决定采取特别行动，用痛苦把他们联系在一起！

当然，最好是能生病。我愿意整个假期都躺在被子里，翻来覆去，说着胡话，吞服各种药片，只要我的父母亲能重新相互讲话，那一切就仍然和以前一样了……是啊，最好能装出生病的样子，而且病得很重，几乎无法医治。但是，真遗憾，这世界上还有体温表和医生。

剩下的办法只有从家里消失，暂时失踪。

晚上，我说：

"我要到'坟墓'那儿去一趟，有重要的事情！"

———————————————————

①邋遢：不整洁，不利落。

"坟墓"，是我的朋友热尼卡的绰号。热尼卡不论讲什么，总是先说："你发誓，不告诉任何人！"我发了誓。"守口如瓶。"我答道。

不论别人对热尼卡讲什么，他总是一个劲地声明："我任何时候对任何人都不讲，就像坟墓一样守口如瓶。"他老是让人家相信这一点，于是得了个绰号：坟墓。

那天晚上，我需要一个能保守秘密的人。

"你要去很久吗？"爸爸问。

"不是很久，二十分钟左右，不会再多了。"我答道，用力吻了吻爸爸。

然后我又使劲吻了吻妈妈，就像要出发上前线或者要到北极去似的。妈妈和爸爸对看了一眼，痛苦还未降临到他们身上，目前仅仅是惊慌，但他们已经有一点点察觉了，我感觉到了这一点。接着，我就到热尼卡那儿去了。

我到了他家。一看我的模样，他就问我：

"你从家里逃出来的？"

"是……"

"对！早该这样！不用担心，谁也不会知道，我会像坟墓一样守口如瓶！"

热尼卡什么事儿也不知道，但他喜欢别人逃跑、躲藏、失踪。

"每隔五分钟你就给我的父母亲打一次电话，告诉他们，你在等我，着急得很，但我还是没有来……明白吗？一直打到你觉得他们快急得发疯了，当然，不是真的发疯……"

"这是干吗？啊？我任何时候对任何人都不会说，我会像坟墓一样守口如瓶……你知道……"

但是，这件事就连对坟墓，我也不能讲啊！

热尼卡开始打电话了，来接电话的有时是妈妈，有时是爸

爸。这要看谁恰好在走廊里，电话机就放在那里的小桌子上。

但是，在热尼卡打了五次电话以后，妈妈和爸爸已经不离开走廊了。

后来，他们自己打电话来了。

"他还没有到吗？"妈妈问，"这不可能。是不是出什么事儿了……"

"我也很着急，"热尼卡说，"我们有重要的事情必须会面，不过，也许他还活着……"

"什么事？"

"这是秘密！我不能说，我发过誓。但是，他是急着要到我这儿来的……一定是发生什么事了！"

"你别说得太过火了，"我提醒坟墓，"妈妈说话时声音发抖吗？"

"发抖。"

"抖得厉害吗？"

"现在还不太厉害，但是会抖得十分十分厉害的，你不用怀疑，有我……"

"绝对不可能！"

我很可怜妈妈和爸爸，不过我这样做是为了崇高的目的！为了拯救我们的家庭，我必须克制自己的同情心！

我控制住自己，但过了一个小时，我忍不住了。

在热尼卡又接到妈妈不断打来的电话后，我问他："她说什么了？"

"她说'我们要发疯了'！"他高兴地报告，显得特别兴奋。

"她说'我们要发疯了'？是说我们吗？你没记错？"

"如果记错了，就让我立刻去死！不过，还得让他们再难受一会儿，"热尼卡说，"让他们打电话到警察局，到无名尸公示所……"

"完全没有必要了！"

我拔腿就向家里奔去……

我用自己的钥匙轻轻地打开了门，几乎没有一点儿响声，然后蹑手蹑脚地溜进了走廊。

爸爸和妈妈坐在电话机的两旁，脸色惨白，痛苦不堪，他们互相看着对方的眼睛……他们两个在一起受苦。这是多么好啊！

突然，他们跳了起来，他们吻我，拥抱我，然后又相互亲吻。

这就是我的假期生活中最幸福的一天！

我心里的石头落地了，第二天便坐下来写作文。我把参观特烈基亚科夫绘画作品陈列馆那天写成我最幸福的一天，虽然事实上这都是一年半之前的事情了。

我可不能写爸爸和妈妈的事情，瓦连季娜·格奥尔基耶夫娜说过，优秀的文章要在全班朗读，而我们六年级二班有四十三个人哪！万一我的作文写得最好呢？

在手阅读

　　就在故事中的主人公为老师布置的作文题目感到头疼时，作文的素材却不知不觉地向他走来了。他用自己特别的方式使冷战中的父母重归于好，也因此为自己赢来了"最幸福的一天"。同样巧妙的是小说结尾的构思："我"一边声明自己决不把这真正最幸福的一天写成作文，一边却已经把这一天的故事明明白白地写给了我们。这种文本表面上的自相矛盾，让一个机灵、爱面子、有主见，又未脱孩子气的男孩形象，在我们的阅读过程中变得鲜活和立体起来。尽管这是一个总体上充满动感和幽默的故事，但故事中因为共同的"痛苦"而紧紧联系在一起的这一家人，依然让我们从心底感受到了踏实的温暖。

[英国]
凯瑟琳·曼斯菲尔德① 著
依青 译

六便士

儿童是最没准儿的小生物。为什么像狄克这么个善良、听话又懂事的孩子会突然任性地耍脾气，像姐姐说的那样，成了只小疯狗，而且没有人能对付他？

"狄克，到这儿来，马上过来！你听见你妈妈在叫你吗？狄克！"但狄克不想照办。噢，他当然听见了，一串儿笑声就是他的回答。他正穿过没割的稻子向远处跑去，躲起来，从苹果树后偷偷地望着他母亲，并且不停地蹦跳着。

这事发生在下午茶开始时。听一位女仆说，狄克的妈妈和下午来拜访的斯庇尔斯太太正悠闲地坐在客厅里，孩子们都在吃茶点，安安静静地吃着头一片黄油面包，女仆正在给他们倒奶和送水，忽然，狄克就拿起了放面包的碟子，把它倒扣在头顶上，又一把抓起切面包的刀。

"看我！"他大叫道。

---

①凯瑟琳·曼斯菲尔德（1888—1923），英国作家。

姐妹们都大吃一惊地望着他。女仆还没来得及赶到他跟前，面包碟子就掉在地板上摔碎了。几个年龄小的女孩子立刻大喊起来：

"妈妈，快来看他干了些什么！"

"狄克打碎了一只大盘子！"

"快来管管他呀，妈妈！"

可以想象妈妈是怎样飞也似的奔了过来，但她来得太晚了，狄克已经逃之夭（yāo）夭。她能怎么办呢？她也没法去追一个孩子。这太让人生气了，特别是斯庇尔斯太太还坐在客厅里，她的儿子们个个都是听话的模范。

"你等着吧，狄克！"妈妈喊道，"我会想个办法来处治你的。"

"我才不怕呢。"狄克一边喊，一边跑，外面传来了银铃般的笑声。这孩子简直有点儿不正常了⋯⋯

"哦，斯庇尔斯太太，我真抱歉把你一个人丢在这里。"

"没关系，班达尔太太。"斯庇尔斯太太用甜丝丝的嗓音说道。她好像是对自己笑了笑，又说："这些小事情会不时发生的，我只希望没有什么严重的后果。"

"是狄克。"班达尔太太说，她把前后情况对斯庇尔斯太太讲了一遍，"最糟糕的是，我真不知道如何管好他。他一旦要起性子来，不论怎么管他，好像都没有效果。"

斯庇尔斯太太睁大了她那双淡得无色的眼睛问道：

"打一顿也没用吗？"

"我们从来不打孩子，"班达尔太太说，"女孩子们从来不需要打，而狄克那么小，又是唯一的男孩。"

"哦，我亲爱的，"斯庇尔斯太太说，"难怪狄克常常会有这种小小的捣蛋行为了。你不在意我说这话吧？我相信你不打孩子是个大的错误。在教育孩子的过程中，没有比责打更有效的办法了。我说的这话是我的经验之谈，亲爱的。我试过不少温和些的法子，比如用肥皂洗他们的嘴，用一种黄肥皂，或者罚他们在桌子上站一整个星期六下午，但请相信我，没有任何办法比把他们交给他们的父亲去管教更能解决问题的了。"

班达尔太太听到了黄肥皂就已经大吃一惊了，但斯庇尔斯太太似乎毫无觉察。

"他们的父亲？"她问，"那么说，你不自己打他们？"

"从不。"斯庇尔斯太太似乎对这个想法感到很奇怪，"我认为打孩子不是母亲而是父亲的职责，而且他打起来会给孩子们留下更深的印象。"

"是的，这我可以想得出来。"班达尔太太用几乎听不见的声音附和（hè）道。

"我的两个儿子，"斯庇尔斯太太以亲切的语调微笑着补充道，"如果不是惧怕，也会做出狄克所干的那种事来的。"

"哦，你的儿子们都乖得无可指责。"班达尔太太大声说。

他们的确乖，简直就没有比他们在大人面前更安静、表现更好的男孩子了。在前厅的大挂画下面有一根很粗的鞭子，那是斯庇尔斯夫人死去的父亲的。不知为什么，这些孩子连游戏和玩耍时也会离那鞭子远远的。

"在孩子小时，大人心太软是个大错误，这错误既容易犯又令人遗憾，而且是对不起孩子的。我们都必须牢记这一点。在我看来，今天下午狄克的发疯和任性，是他故意这么做的，这是孩子表现他们缺一顿打的方式。"

"你真这么认为吗？"班达尔太太是个柔弱的小女人，这个意见给她留下了极深的印象。

"我的确这么想，而且很肯定，"斯庇尔斯太太摆出一副懂行（háng）的架势，"这可以省去你们将来许多的麻烦，相信

树叶的香味

我，亲爱的。"说着，她用那只干枯、冰冷的手握住了班达尔太太的手。

"等爱德华一进家门我就去对他说。"班达尔太太坚决地说。

父亲回来时，孩子们刚刚上床睡觉。这一天在办公室非常忙碌，他又热又累，满身尘土。

此时，班达尔太太对酝（yùn）酿（niàng）①了许久的新计划已经十分兴奋，她亲自为丈夫开了门。

"哦，爱德华，你可回来了，我真高兴！"她大声说。

"发生了什么事？"

"来，快进客厅来！"班达尔太太急切地说，"我简直没法说狄克有多淘气，你想都想不出来一个他这年龄的孩子捣起乱来会是什么样。你怎么会知道呢？你成天在办公室待着……他简直可怕极了，我一点儿都管不了他。我已经试过所有的办法，爱德华，唯一可以解决问题的办法，"她说到这里都喘不上气来了，"就是打他一顿，而且得由你去打他，爱德华。"

"可是，我为什么要打他呢？我们从没这样做过。"

"因为，"他的妻子说，"你难道不明白，这是没有办法的办法，我管不了这孩子……"她的话不停地从嘴里冒出来，撞击着他那已经累得发涨的头脑，"你不明白，爱德华，你不可能明白，你成天忙的就是办公室里的那些事。"

"我该用什么打他？"他心虚地问道。

"当然用你的拖鞋啦。"他的妻子说着就跪下替他解开落满灰尘的皮鞋带。

"给我把那拖鞋拿来。"他走上楼去，感到疲乏不堪。

而他这会儿想揍狄克了。是的，他想找件东西揍一下，出口

①酝酿：准备。

气。上帝啊，这是过的什么日子！

他推开了狄克那间小屋的门，狄克穿着睡袍站在屋子中间的地板上。一看见儿子，爱德华心中就冒起无名之火。

"喂，狄克，你知道我是为什么来的吗？"爱德华问道。狄克没有回答。

"我是来揍你一顿的。"狄克仍然没有回答。

"把你的睡袍掀起来。"

听见这话，狄克抬起头来，他的脸一下涨红了。

"我非得这样做吗？"他用低得听不见的声音问。

"来吧！就现在。动作迅速点。"他父亲说着拿着拖鞋狠狠地打了狄克三下。

"这下你总该知道如何对待你母亲了吧？"

狄克站在那儿低垂着脑袋。

"睡觉去吧。"父亲说。

小男孩站在那儿一动不动，用颤抖的声音说："我还没刷牙呢，爸爸。"

"啊？你说什么？"

狄克抬起头来。他的嘴唇直哆嗦，但他的眼睛却是干的。他只是重复了一遍："我还没刷牙，爸爸。"

看了一眼那张小脸，爱德华不忍心地扭过头去，他不知自己在做什么。他飞快地跑出屋子，下了楼，跑到门外花园里。老天爷，他都干了些什么？揍了狄克，用拖鞋打了他的小人儿。可是，这拖鞋打下去是为了什么呢？他连这也说不清，他就那么突然地闯进了儿子的房间。那小家伙穿着睡袍站在那里，他没哭，一滴泪也没有。哪怕他大哭或者发顿火都好多了！还有那声"爸爸"，孩子没说一句话就原谅了他！可是，他永远都不能原谅自己，决不！胆小鬼！蠢货！畜生！忽然间他记起他和狄克一起游

戏时，孩子从他膝上摔下地，伤了手腕，但也没哭。他打的就是这样一个小英雄。

得补救一下，爱德华想。他跑进家中，奔上楼梯，进了狄克的屋。小男孩躺在床上，一动不动，就连这会儿他也没哭泣。爱德华把门关上，靠在门上。他真想跪在狄克的床边，痛哭一场，请求宽恕（shù）。但是，很显然他不能这样做。他的心都痛了。

"还没睡着吗，狄克？"他轻声地问。

"没有，爸爸。"

爱德华走到儿子的床前，坐在床边上。狄克透过长长的眼睫毛看着他。

"没什么事吧，小家伙？是吗？"爱德华问。

"没，没有，爸爸。"狄克说。

爱德华伸出手，轻轻地握住狄克发烫的小手。

"你千万别再去想刚才发生的事了，心肝儿。"他说，"那已经过去了，忘记吧！再也不会发生那种事了，明白吗？"

"是的，爸爸。"

"现在要做的事就是打起精神来，小人儿，笑一笑吧！忘记它吧！"他自己努力地微笑了一下。

狄克照旧躺着，没有表情。这太可怕了。狄克的父亲站起身来，走到窗前。外面花园里，天已黑下来了，夜空中闪着星星，一株大树的叶子轻柔地摇曳（yè）着。他望着窗外，用手在口袋里掏他的钱。他挑出一枚崭新的六便士硬币，又走向狄克的床前。

"给你这个，小儿子。给自己买点什么吧。"爱德华轻轻地说，把六便士放在狄克的枕头上。

但是，这六便士，难道就能抹去发生过的一切吗？

牵手阅读

读完这篇小说，我们多半会批评狄克爸爸的做法。但如果小说只是用力展现爸爸做错的一面，而没有同时真切地描写出他教训儿子的复杂缘由、事后的懊悔难过，以及徒劳地寻求补救办法，故事也就不会具有如此大的情感冲击力。正是因为小说中的父亲与孩子都有着各自行动的理由，他们之间的碰撞才显得更令我们同情和关心；也正是因为他们最后的彼此原谅却永远无法消除已经造成的影响，才更令我们感到心灵上的震撼。不管读完这篇小说的是一位父亲、母亲，还是一个孩子，这种震撼都会长久地留在他们的心里。

树叶的香味

［爱尔兰］
弗兰克·奥克拉 著
余茜芳 译

妈妈最爱谁

整个一战期间，父亲都在部队服役（yì），所以直到五岁，我都不能常见到他。偶尔我醒来，会发现一个穿咔叽布军装的大个子在烛光中看着我，而一大早我就听到前门砰的一声被关上了，随后就是上了铁钉的长筒靴踩在鹅卵石上发出的咔嚓声。这就是父亲当时来去的情景，就像圣诞老人一样，神秘极了。

那时，我很喜欢他的来访。他抽烟，因而身上散发着一种叫人愉快的味道；他刮胡子的样子在我看来也极有趣；他每次回来都要留下一些纪念品，比如坦克模型啦，用子弹盒做柄的廓尔卡（尼泊尔的主要居民）刀啦，德国钢盔啦，帽徽啦，纽扣棒啦，还有各种军用设备，说不准它们有朝一日会派上什么用场。

战争期间是我生活中最宁静的一段时间。我住的阁楼窗子朝东南方向。妈妈为我装上了窗帘，但没多大用处，我总是在第一道光线射进来时就醒了，顿时我感到前一天的所有负担都消融了，自己简直就像一个太阳，随时准备去照亮世界。生活从来没有像那个时候那样单纯、明澈。

一天早上，我又来到大床上，父亲又像圣诞老人似的来了。可是后来，他不穿制服了，而是穿上了他最好的蓝西服，妈妈高兴得不得了。我可看不出有什么值得高兴的，因为爸爸脱下制服后，整个儿就变得索然无味了。可妈妈一个劲儿地高兴，说我们没有白白祈祷，感谢上帝让爸爸平安回家了。

就在那一天爸爸进屋吃晚餐的时候，他脱下了长筒靴，穿上拖鞋，戴上他在户外防寒的那顶又脏又旧的帽子，并且开始很忧郁地同妈妈讲话，妈妈这时看起来也很焦虑。自然喽，我不喜欢她那焦虑的样子，因为这会破坏她好看的容貌，所以我就故意打断他的话。

"给我安静点，拉里！"妈妈不耐烦地说，"没听见我在跟爸爸讲话吗？"

这可是我头一回听妈妈说这种具有威胁性的话。

"你为什么要跟爸爸讲话？"我尽可能用漠不关心的口气问。

"因为我和爸爸有事情要商量。听着，你再也不许找碴（chá）①儿了。"

那天下午，爸爸应妈妈的要求带我到镇上去散步。爸爸和我对散步有着截然不同的想法。他对电车呀，轮船呀，马呀，竟毫无兴趣，唯一使他高兴的是跟和他年纪差不多的人谈话。我想停下来的时候，他只管朝前走，抓着我的手，让我紧跟在后面；而当他想停下来的时候，我别无选择，只好停下来。我注意到他每次靠在墙上时，似乎就表明他要多歇一会儿了。可下一次又看到他要靠墙时，我简直气坏了。他那样子似乎就要永远停在那儿似的。我故意拽他的外套和裤子，他却有种超常的好脾气，根本不理会我的纠缠。我掂（diān）量（liáng）②了一下。我是不是应该哭

①找碴儿：故意挑毛病。
②掂量：指考虑，比较。

呢？可他太冷淡了，不可能为我的哭声所动。跟他散步简直就像在跟一座山散步一样！

喝茶的时候，"跟爸爸讲话"又开始了。这次讲话更复杂了：他拿了一份晚报，每隔几分钟，他就要把报纸放下来，告诉妈妈报上的新闻。我觉得这是个令人生厌的游戏。作为一个和他一样的男人，我准备同他竞争，来争取妈妈的注意。可是当他把妈妈的注意力都吸引到他那儿去的时候，我试图改变话题，却没成功。

"拉里，爸爸读报时，你得安静点。"妈妈不耐烦地说。

很清楚，她要么是更喜欢跟爸爸谈话，而不喜欢跟我谈话；要么是爸爸对她有着某种严格的控制，使她不敢承认实情。

"妈咪，"那天晚上她为我盖被子的时候我问她，"你说，如果我使劲儿祈祷，上帝会不会把爸爸送回战场去？"

"不，亲爱的，"她微笑道，"我认为不会的。"

"为什么不会，妈咪？"

"因为再也没有战争了，亲爱的。"

我对此有些失望。我开始认为上帝并不像人们所认为的那样无所不能。

第二天早上，我像往常一样早早地醒了。我跌跌撞撞地走进隔壁的房间，在半明半暗中爬上了那张大床。妈妈那一边已没有空间，我只好插进爸爸和妈妈之间。有几分钟，我直挺挺地坐在那儿，使劲儿想我怎样才能对付他。他在床上占了太多的位置，我睡得很不舒服。我踢了他几下，他哼了哼，又伸了一下胳膊和腿，好歹让出点位置。妈妈醒了，摸到了我。我把大拇指放进嘴里，舒舒服服地钻进了温暖的被子里。

"妈咪！"我满足地大声哼道。

"嘘！亲爱的，别吵醒爸爸。"她悄声说。

这又是个新名堂，比"跟爸爸讲话"对我更具威胁性。

"为什么？"我认真地问。

"因为你可怜的爸爸很累。"

在我看来，这理由并不充分，而且她说"你可怜的爸爸"时的那种多愁善感也使我感到厌恶。

"哦，妈咪，你知道我今天想跟你一块到哪儿去吗？"

"不知道，亲爱的。"她叹着气说。

"我想顺峡谷下去，用我的新网捕鲔（wěi）鱼，然后我想去狐狸和猎犬山，再……"

"别吵醒爸爸！"她生气地制止我，还用手捂着我的嘴。

可是晚了，爸爸醒了。他哼了哼，就伸手找火柴，接着怀疑地看了看他的手表。

"亲爱的，要一杯茶吗？"妈妈用压低了的声音问道，听上去好像她害怕他似的。

"茶？"他不耐烦地叫道，"你知道现在几点吗？"

"我想去拉丝库丽路。"我大声地说。

"赶快睡觉，拉里。"妈妈厉声说。

我开始装哭。我没法集中心思。

爸爸什么也没说，点上烟吸起来，他既不理妈妈，也不理我。我知道他生气了。我感到不公平，感到受了伤害。以前我每次向妈妈提出我们可以睡在一张床上，用两张床是种浪费时，她总是告诉我分床睡要卫生些。可是现在呢？这个人，却和她睡在一起，全然不顾这么做是不是卫生！

他早早地起床准备了茶，可是他给母亲端了一杯，却没给我准备一杯。

我喊道："妈咪！我也要喝茶。"

"好的，亲爱的。"她耐心地说，"你可以从妈妈的茶托上

喝呀！"

这才平息了我心中的不满。要么是爸爸，要么是我，得离开这个家。我不想喝妈妈的茶，在自己家里，我希望被看作是平等的一员，所以纯粹是为了刁难她，我把她的茶喝了个精光，一点儿也不给她留。可她却淡然处之。

可就在当天夜里，她把我放在床上时，轻声对我说："拉里，我希望你答应我一件事。"

"什么事？"我问。

"早上不要到房间里打搅你可怜的爸爸。好不好？"

"为什么呢？"我问。

"因为可怜的爸爸又操心又疲倦，他睡不好。"

"他为什么睡不好，妈咪？"

"你还记得他在战争期间服役时，妈咪从邮局领钱，是不是？"

"从麦卡西小姐那儿领的钱吧？"

"对。可是现在，麦卡西小姐再也没有钱给我们了，所以爸爸得为我们挣些钱来。你知道如果他弄不到钱，我们会怎样吗？"

"不知道。告诉我吧！"

"如果他弄不到钱，我想，我们得像那位可怜的妇人一样在星期五出去讨钱。我们不愿意这样，对不对？"

"不愿意。"我表示同意她的看法。

"那么你答应不进屋吵醒爸爸了？"

"答应。"

我真的答应了，我知道钱是个严肃的问题，我非常反感在星期五像那个老妇人一样出去乞讨。妈妈把我所有的玩具沿着床放成一个大圆圈，以致我无论从哪里出去，都注定要碰到一样玩具上。

接下去的一天早上我醒来时，立刻想起了我的诺言。我爬起来坐在地板上玩了几个小时——在我看来时间真有这么长，然后搬了一把椅子，站上去朝小阁楼的窗外看了又有几个小时。我希望父亲醒了，也希望有人给我准备一杯茶。我感到非常冷，十分想钻进那床温暖的大羽绒被里。

我终于忍不住了，走到了隔壁屋里。妈妈旁边仍没有空位子，所以我爬到她身上，她突然惊醒了。

"拉里，"她紧紧抓住我的胳膊，"你昨天是怎么答应的？"

"可是，妈咪，"我哀泣道，"我这么长时间都没出声。"

"乖乖，你变坏了！"她抚摸着我的全身，伤心地说，"我让你待在这儿，你能不能答应我不讲话？"

"可是我想讲话，妈咪。"我哭着说。

"那可不行，"她用对我来说很陌生的坚定语气说，"爸爸要睡觉，你懂不懂？"

我太懂了。我想讲话，他想睡觉。这到底是谁的家？

"妈咪，"我以同样坚定的语气说，"我觉得爸爸睡在他自己的床上会更卫生一些。"

这句话似乎使她有些震惊，因为她有一会儿没吭声。

"现在，我再说一遍，"她又继续说，"要么保持安静，要么回到你的床上去。你选择哪一种？"

这种不公平把我气坏了。我不怀好意地踢了爸爸一脚。这一脚她没注意到，却使他哼了哼，睁开了眼睛。

"几点了？"他惊恐地问，看也不看妈妈，而是看着门，好像在那儿看到了人似的。

"还早呢，"她安慰道，"是小家伙，再睡吧……拉里，"她又补充道，"你把爸爸吵醒了，你得回房间去。"

这一次，从她严肃的表情来看，我知道她说话是算数的，也明白如果我此时不奋起维护我的权利和优越地位，我就会失去它

们了。她把我抱起来的时候，我尖叫一声，足以吵醒死人，更不用说爸爸了。他哼了哼。

"这个鬼东西！他睡不睡觉？"

"只是个习惯，亲爱的。"妈妈轻声说，尽管我也看得出她也烦了。

"那他该改掉这个习惯了。"爸爸吼道。

要开门的时候，妈妈不得不将我放下。我挣脱开，朝最远的角落里冲去，尖声叫起来。爸爸光着身子直挺挺地从床上坐起来。

"住嘴！你这条小狗！"他用压抑着愤怒的声音吼道。

我惊呆了，以前从来就没有人用这种口气对我讲过话。我怀疑地看看他，发现他的脸因愤怒而剧烈地颤动着。

"你住嘴！"我不顾一切地大喊大叫。

"你在说什么？"爸爸猛地从床上跳起来。

"米克，米克！"妈妈哭道，"你没看出孩子不习惯你吗？"

"我看他是喂得好，没教好。"爸爸使劲挥着手臂，咆(páo)

哮（xiào）着，"他的屁股想挨巴掌了。"

比起这几句肮脏的话来，刚才的叫喊算不了什么。这几句话使我热血沸腾。

"打你的屁股！"我歇斯底里地叫道，"打你的屁股！住嘴！"

听到这，他再也忍耐不住了，飞快地朝我扑来。在妈妈惊恐的目光的注视下，他最后只是轻轻地拍了我一下。我不停地尖叫着，光着脚丫子跳着。爸爸只穿了一件灰色短军装，显得不知所措。他头发蓬乱，瞪着一双大眼睛盯着我。直到这个时候，我才认识到原来他也心怀嫉（jí）妒（dù）。妈妈穿着睡衣站在那儿，好像她的心被我们撕碎了。

从那天早上起，我的生活便成了地狱。我和父亲成了公开的敌人。我们发生了一系列小冲突，他总是想夺走我和妈妈在一起的时间，我也总想夺走他和妈妈在一起的时间。每当妈妈坐在我的床边给我讲故事时，他就开始找战争时留在家里的某双旧皮靴；而在他同妈妈讲话的时候，我就把玩具弄得响响的，显示出我的漠不关心。一天晚上爸爸下班回来时，看见我抱着他的盒子，正在玩他的陆军徽章、廓尔卡刀和纽扣棒，便露出一副可怕的神情。妈妈站起来，从我手里拿过盒子。

"拉里，不经爸爸允许，你不能玩爸爸的玩具，"她严肃地说，"爸爸也不玩你的玩具。"

不知为什么，爸爸看了她一眼，好像她打了他似的，然后面露不悦之色，转过脸去。

"这不是玩具！"他又把盒子拿下来，看我是不是拿了什么东西，低声吼道，"有些古董非常少见，而且很值钱！"

可是，随着时间的推移，我越来越看出他是怎样设法离间（jiàn）①妈妈和我的。糟糕的是我掌握不了他的方法，或者说我没有看出

①离间：从中挑拨，使关系不和睦。

他对妈妈的吸引力究竟在哪儿。他在各方面都不如我。他有一副很普通的嗓音，喝茶的时候发出响声。我有时想，也许是妈妈对报纸感兴趣，于是我就自己编一些新闻读给她听。后来我又想也许是他抽烟引起了她的兴趣，我就偷偷拿着他的烟斗躲在房子外面流着口水吸着，直到他把我抓住为止。我甚至学着他的样子，喝茶时发出响声，可妈妈却说我讨厌。这一切似乎表明问题的关键在于那种睡在一起的不卫生的习惯，所以我认为有必要溜进他们的卧室侦察一番。可我并没有发现他们干什么事情。我最终失败了。看样子，这一切都将需要等我长大成人后才能明白，我知道我得等待。

同时，我希望爸爸明白我只是在等待，并没有放弃竞争。一天晚上，当他在我头顶上特别令人讨厌地喋喋不休地说个不停时，我立刻打断他的话说：

"妈咪，你知道我长大了想干什么吗？"

"不知道，亲爱的。想干什么？"

"我想娶你。"我平静地说。

爸爸扑哧一声笑了，而妈妈呢？不管怎样，他们俩都感到很高兴。我感觉她也许是因为知道有一天爸爸对她的控制终将被打破而感到快慰。

"那不是很好吗？"她微笑道。

"非常好，"我自信地说，"因为我们会有好多好多小孩。"

"对的，乖乖，"她平静地说，"我想很快就会有个小孩，你就会有伙伴了。"

对此我高兴得不得了，因为这表明，尽管她眼下屈服于爸爸，可她还是考虑了我的愿望。

但是后来的结果并非那样。首先，她变得十分忙乱，她不再带我散步，还无缘无故地打我。有时我真希望我没有提到过那个令人讨厌的小孩，我好像有种给自己带来灾难的本领。

真正的灾难！索里在一阵可怕的吵闹声中降生了。从一开始，我就不喜欢他。他是个难对付的小孩，他要求太多的关照。面对他，妈妈常常显得十分愚蠢，竟看不出他有时只是在炫耀。作为伙伴，索里糟糕透顶。他成天睡觉，为了不吵醒他，我在屋里走动时不得不踮起脚尖。现在不再是不要吵醒爸爸的问题了，现在的口号是"不要吵醒索里"。我不懂这小孩为什么不在适当的时候睡觉，所以妈妈一转身，我就把他弄醒。有时为了让他醒着，我也捏他一下。有一次被妈妈发现了，她狠狠地训了我一顿。

一天晚上，爸爸下班回来时，我正在屋前花园里玩火车。我装作没看见他，并且假装自言自语地大声说："如果再有一个血糊糊的小孩来到家里，我就走。"

爸爸惊呆了，转头望着我。

"你在说什么？"他严厉地问。

"我是在跟我自己讲话。"我回答。

他一句话没说，转身走了。告诉你，我就是要把这句话作为一个严重警告，其效果却与我设想的大相径庭。父亲又开始对我非常好了。我当然明白他为什么这样做。妈妈对索里所做的一切都让人厌恶。甚至在吃饭的时候，她也要站起来朝摇篮里的他傻笑，还要求爸爸也这么做。对此爸爸总是很客气，但是他显得十分不解，你可以看出他不明白她在说什么。他抱怨索里夜间哭闹，可妈妈很生气，说索里没事的时候绝不哭闹。这真是天大的谎言，因为索里从来就没事，只是想用哭来引起大人的注意。看到她头脑如此简单真是痛苦。爸爸虽无魅力，但他智力很好。他看穿了索里，现在他知道我也看穿了索里。

一天夜里，我突然惊醒了。我的床上有个人。有那么一刻，

我蛮有把握地认为这是妈妈恢复了理智，不管爸爸了，可是这时我却听到索里在隔壁房间里大哭大闹，妈妈在说"乖，乖，乖"。我这才知道我身边不是她，而是爸爸。他躺在我身边，完全醒着，粗重地喘着气。

过了一会儿，我才明白他为什么生气了。现在轮到他生气了。把我挤出大床之后，他自己也被挤出来了。妈妈现在除了可恶的小索里之外，谁也不关心。我禁不住很同情爸爸。我开始安抚他："别伤心！别伤心！"对此，他没有作出确切的反应。

"你也没睡着吗？"他气哼哼地问。

"啊，过来，用胳膊搂着我，好不好？"我说道。他基本上照做了。我想，你们会用"小心翼翼"来形容他的动作。他浑身都是骨头，可也总比没人搂要强。

圣诞节时，他尽自己的能力为我买了一个真正漂亮的铁轨模型。

牵手阅读

为了"争夺"妈妈的"爱"，在"我"和陌生的父亲之间，展开了一场马拉松式的较量。由于故事是以一个孩子的视角讲述的，所以许多我们习惯了的生活事件和场景，在转换了视角后，忽然焕发出新鲜的感觉和趣味来，整个故事也因此被染上了一层特别的幽默。不管小说的创作动机是否与恋母情结有关，这场家庭游戏都已经把我们深深吸引住了，直到作者为它画上最后一个完美的句号。

孩子，快抓住妈妈的手

2008年5月12日14时28分。中国四川汶川县。

在八级地震的强烈震波中，无数房舍坍塌成废墟；无数生命骤然离我们而去；那么多可爱的孩子，将再也不能向世界展露他们天真的笑容。空气里凝结着的悲伤，那么沉，那么重!

在这样一场巨大的灾难中，在仿佛无边的痛楚和哀伤里，人们用诗与歌，来祭奠那些如花般绽放又很快消逝了的年幼的生命，那些曾经到过这个世界又匆匆离去的天使。

佚名

孩子，快抓住妈妈的手

孩子
快抓住妈妈的手
去天堂的路
太黑了
妈妈怕你
碰了头
快
抓住妈妈的手
让妈妈陪你走

妈妈
怕
天堂的路
太黑
我看不见你的手
自从
倒塌的墙
把阳光夺走
我再也看不见

树叶的香味

你柔情的眸

孩子
你走吧
前面的路
再也没有忧愁
你要记住
我和爸爸的模样
来生还要一起走

妈妈
别担忧
天堂的路有些挤
有很多同学朋友
我们说
不哭
哪一个人的妈妈都是我们的妈妈
哪一个孩子都是妈妈的孩子
没有我的日子
你把爱给活着的孩子吧

妈妈
你别哭
泪光照亮不了
我们的路
让我们自己
慢慢地走
妈妈
我会记住你和爸爸的模样
记住我们的约定
来生一起走

佚名

爸爸妈妈，别为我们难过

——献给"5·12"地震中离去的小天使们

爸爸妈妈

那是你们吗

我听到了你们的呼唤

从出生时就听着

从小宝宝一直听到我上小学

当我现在睡着的时候

好想让你们来到我的跟前

给我盖上裸露的手臂

帮我找回跑丢的小鞋

爸爸妈妈

我好想你们能亲手为我合上双眼

让爸爸再亲亲我的脸

树叶的香味

让妈妈再摸我的脸颊一遍

爸爸

我身边还有好多的弟弟妹妹哥哥姐姐

你一定要找到他们的亲人

带上漂亮的衣服还有漂亮的鞋

妈妈

我们都是好孩子

正在好好地学习

努力不给你们丢脸

可是……

爸爸妈妈

我和我的同学还有老师

静静地躺在学校昔日的操场前

往日的情景又在出现

我们在这里跳绳在这里踢毽

我们在这里戴上红领巾

在这里向祖国宣誓：好好学习，天天向上

好多好多的鲜花

好多好多的嫩脸

可是现在我好冷好冷

爸爸妈妈抱抱我吧

一定要再亲亲我的脸

爸爸妈妈

你们在外打工好远好远

我知道你们好难好难

我没有怪你们

把我托付给叔叔

我没有怪你们

不在我的跟前

因为还有爷爷奶奶要养

你们还要出去挣钱，挣好多钱

爸爸妈妈

别为我们难过

以后一定要记得建好我们的家园

我们只求爸爸妈妈

还有千千万万个爸爸妈妈

在下一个今天

下一个的今天

为我们把气球放飞一遍

上面写着：

我们乖

我们来过

我们是天使

树叶的香味

《孩子，快抓住妈妈的手》和《爸爸妈妈，别为
我们难过》是五一二地震发生后，在网络上广为流传
的两首诗。前一首诗通过地震中一个不幸逝去的孩子
与尚留在人间的妈妈的对话，表达了孩子与母亲之间
死生两别的巨大悲伤，以及彼此间无奈的爱的宽慰。
后一首诗完全采用已逝的孩子的口吻，诉说自己对爸
爸妈妈的爱、理解和依恋，以及不得不离开他们的
深深哀伤。当这两首诗在网络上被多处转载并被人们
传诵的时候，地震的余波还未平息，剧烈的痛楚还深
深地刻在每一个人的心里。从诗歌艺术上看，它们或
许还显得不那么完美，但是在地震发生之后的特殊时
刻，它们用质朴的语言和真挚的情感，深深地感动了
每一位读者。我们会永远记得这些曾经来过、曾经很
乖、曾经陪伴我们度过那些最美好的时光的天使们！

孩子们的诗

世界上有无数的诗，描写孩子和孩子们的世界。不过，孩子们对于自己的世界，也还是有自己的话要说。世界、生活、动物、植物、游戏，在孩子们的眼里和笔下，拥有了一种自然的天真和清新、一种特别的深刻和感动。

[韩国] 李元凤① 著
任溶溶 译

儿童是世界上
一点一点的光

世界上一点一点的光，
已经变成一条一条的小溪流。
它们有一天还将变成海洋，
当朋友和朋友合在一起的时候。

世界上一点一点的光，
是在天上流动的星星，
它们有一天还将变成宇宙。

世界上一点一点的光，
各在不同的地方，
可有一天它们碰在一起，
就像含笑的鲜花开放。

树叶的香味

---

① 写作本诗时作者十一岁。

[日本]阿雄① 著

做动物的朋友

在小朋友的地球，

人和动物是朋友。

鲨鱼背着孩子游泳，

孩子也不欺侮小狗。

长颈鹿给教室擦玻璃，

熊猫跌跤，我给揉一揉。

在和和好好的地球，

子弹成了鞭炮，

猎枪统统生锈。

①写作本诗时作者九岁。

吴导① 著

如果

如果你在月光下喝酒，

月亮就会躲到杯子里跟你一起喝酒；

如果你在阳光下舞蹈，

影子就是你的朋友；

如果你在雪地上奔跑，

你就会有无数双脚；

如果你在蒲公英上睡觉，

蒲公英会带你飞向妈妈的怀抱。

树叶的香味

---

① 写作本诗时作者七岁。

[韩国] 金匡① 著

树叶的香味

夹在书页里
一枚树叶，
有森林的香味，
有天空的香味。
只要小小的一枚树叶，
就能把伟大的
秋的森林，
长久保持在心里呢。

---

①写作本诗时作者为小学生。

刘美惠① 著

娶太太

爸爸问小明：

以后娶太太要娶谁？

小明说：要娶最疼我的。

爸爸说：是谁？

小明说：是祖母。

爸爸说：她是我妈妈，

你怎么可以娶她做太太？

小明说：那我妈妈，

你怎么可以娶她当太太呢？

树叶的香味

①写作本诗时作者为台湾小学生。

程贵和① 著

捉鬼

有一天我们说要去捉鬼，

我们就拿出勇气去捉鬼，

可是没有捉到鬼。

到了晚上，

我们在睡觉的时候，

那个鬼来捉我们了。

牵手阅读

　　这六首孩子们自己写的诗，有的阔大，有的抒情，有的浪漫，有的幽默，每一首都有一种不饰雕琢的天然而独特的感觉和意味。大人们常常会羡慕拥有这样天然的诗的眼睛和心灵的孩子们。这些"世界上一点一点的光"，不论是闪耀在各处，还是交汇在一起，都会让我们这个世界变得更加纯真、生动和明亮。

① 写作本诗时作者为台湾小学生。

很久很久以前的故事

"很久很久以前……"，看到这样的开头，我们准知道，故事马上就要出来了。

松开"很久很久以前"扎着的口袋，看，出来了——一只狡猾的狐狸、一位吹牛的大王、一个机灵的长工、两只有名字的小鸡、一只快乐的小耗子，还有一户粗心大意的人家……

[法国]
阿希-季浩① 著
严大椿 译

列那怎样偷吃鱼

一天，天气很冷，天空灰蒙蒙的，列那在家里看到他的几个橱子都空了。

海梅林太太坐在大靠背椅上，愁眉苦脸地摇着头。

她忽然说：“什么都没有了，家里连一点儿吃的东西都没有了。”

“孩子们快要回来了。他们肚子饿，吵着要吃饭。我们怎么办呢？”

“我再去碰碰运气吧！”列那长叹了一声，回答说，“天气不好，我实在不知道该到哪儿去呢。”

后来，他终于出去了。因为他不愿意看到孩子和妻子在他面前哭哭啼啼，而且，他好像已看到他的敌人——饥饿来了，准备去和它战斗一场呢。

他在树林里慢慢地踱（duó）着，东张西望，找不到一点儿吃的东西，也想不出什么办法。他就向大路走去。大路被一道篱笆

---
①阿希-季浩，女，法国作家。

隔开了。

他坐在那里，有些失望。这时候吹来一阵风，把他身上的毛吹乱了，把他的眼睛也吹得睁不开，他只好闭着眼睛沉思着。

忽然，大风把远处的一阵香味送进了他的鼻子。他抬起头来，向空中乱嗅。

他自言自语地说："难道是鱼吗？朝我这方向吹来的真像是生鱼的气味啊！这是从哪儿吹来的呢？"

他跳到了筑在大路旁的篱笆边。

列那的嗅觉和听觉都是很敏锐的，他的目光也是敏锐的。他看到老远老远有一辆车子，在很快地驶过来。原来鱼的腥味是从那车子上发出来的，因为那车子走得愈近，他愈加辨得清楚车子上装的是鱼了。

原来是鱼贩们装满了一篓篓的鱼，赶到附近的城市去，预备在市场上出售。

列那一秒钟都不迟疑，他急着要去吃那些香喷喷的鱼！于是，他想出了一个好主意。

他只轻轻地一跳，就跳过了篱笆，跑到了大路上。当离那辆货车还很远的时候，他就躺在大路当中，好像是刚刚暴死，身体柔软无力，舌头拖在嘴外，眼睛闭着，完完全全装成死了的样子。

货车到了这个"障碍物"面前，鱼贩们就停了车，以为他已经死了。他们中的一个看看躺在路上的死尸，说："这是一只狐狸呢，还是一只猪獾（huān）呀？"

"是一只狐狸！下车，快快下车！"

"这只死了的野兽，他的皮，我们可以做皮衣。"

于是，两个鱼贩急忙走下货车，去看那装死的列那。

他们捏捏他，把他翻转过来，又摇一摇他。趁此机会，他们还欣赏了一下他的漂亮的皮毛、雪白的喉部。

一个鱼贩说："这张皮值四个苏①。"

　　"你说四个苏！我看至少值五个苏，说不定五个苏我还不肯脱手呢。"

　　"把他放在货车上。到了城里，我们再来把他的皮剥下来，去卖给皮货商人。"

　　于是，这两个鱼贩，就随随便便把他扔在鱼篓旁边，重新上路了。

　　你们想想看，这只狐狸多么开心啊！他在车中，可以给一家人弄到一顿丰美的午饭啦！

　　他几乎不用移动身子，只是毫无声息地用尖锐的牙齿咬开了一只装满鱼的篓子，然后就痛痛快快地吃了起来。一眨眼的工夫，他就至少吃了三十条鲞（xiǎng）鱼，味道真不差。

　　可是，列那并不就此逃走，他还得利用这个机会呢。

　　他用牙齿咬了两下，另外一只鱼篓也被他打开了。这一篓里

────────────

①苏：法国货币的名称，一个苏等于二十分之一法郎。

装的是鳗鱼。

他为家里的人着想，先尝尝味道好不好，不要让老婆和孩子们吃得倒胃口，就试着吃了一条。

然后，他运用惯使的伎俩，拿了许多鳗鱼，像项链一样绕在脖子上，然后轻轻地溜到地面上。

他虽然巧妙地跳下货车，但仍弄出了一点儿响声。那两个鱼贩看着他逃走，却还不知道他就是那只死狐狸呢。狐狸向他们高声嘲笑道：

"好朋友，上帝保佑你们。那张狐皮要值六个苏哩，所以我保存起来啦。我给你们留下了一些好鱼。谢谢你们的鳗鱼！"

鱼贩听到这些话，才大吃一惊。

最后他们才弄清楚，原来列那用手段把他们戏弄了一把。

于是，他们停了车子，赶紧去追列那。尽管他们奔得上气不接下气，像去追一个小偷那样，但是列那跑得比他们还要快。

不多一会儿，他已经翻过了篱笆。那篱笆保护了他，使追赶的人望而却步。他们呆望了一会儿，只得回到货车上。

列那继续向前跑着，他要回家去见他饥饿的一家人。

海梅林太太笑嘻嘻地迎上去。他脖子卜绕着的这条"项链"，在她看来，比耳环美得多，她不住地称赞他。等到列那走进马贝渡城堡，家人就谨慎地把门关好。列那的两个孩子——贝斯海和马勒巴朗士，还不懂得打猎，可是他们已经懂得做菜的种种诀窍。他们去生火，把鳗鱼切成片子，穿在小签子上，然后用火去烤这些美味的鱼片。

这时海梅林去照顾她的丈夫，替他洗洗跑累了的脚，揩拭揩拭他的美丽的皮毛——那两个鱼贩估计要值五个苏的皮毛。

敏豪森男爵在战争中的奇遇

[德国]
戈·奥·毕尔格[①] 著
曹乃云 肖声 译

树叶的香味

　　有一次，我们进攻土耳其人占据的奥克查柯夫要塞，这时，先头部队已开始了激烈的战斗。我那匹立陶宛烈马把我带到了一个该死的地方，这使我的处境十分困难。我远离大部队，孤军深入。眼看着敌军扬起一片尘土朝我逼近，我不知道他们有多少人马，也搞不清他们真正的意图是什么。当然，学他们那样扬起灰尘，掩护自己，本来就是一种惯常使用的妙法，但我觉得这还不够聪明，最好是靠近他们，了解他们的意图。我干吗不先发制人呢？于是，我命令左右两翼散开，尽量扬起尘土，而我一马当先地冲向敌人，近距离地观察敌情。我成功了。原来，敌人站在那儿，挥舞着刀剑，在虚张声势，一见我的侧翼卷起漫天尘土，他们心里怕得要命，顿时阵脚大乱，往后退去。现在是时候了，我指挥部队扑向敌人，把敌人冲得溃（kuì）不成军。敌人被打得一败涂地，纷纷向要塞的城门口逃窜。

①戈·奥·毕尔格（1747—1794），德国作家、诗人。

我的那匹立陶宛马跑得飞快，因此在追击中，我跑在最前面，冲进了城门。我看到大批敌人拥向后门，逃了出去。这时，我觉得有必要在中心广场停一停，于是叫号手吹号集合队伍。我勒马停住了，然而我既没有看到号手，也没有看到骑兵团里的任何一个人。先生们，你们可以想象得出，我是多么惊讶啊！我心里寻思："难道他们冲到别的街道上去了？不然，他们又在干什么呢？"根据我的经验，他们不会离得很远，一定会赶来的。我一边思量，一边骑着连气也喘不过来的立陶宛马，来到广场的井边，让它喝点水。马喝啊，喝啊，怎么也喝不够，口渴得像是永远也止不住似的。这真是一件怪事。这时，我抬起头来朝四周扫了一眼，想看看我的人马回来了没有。你们猜，先生们，我看到了什么？我看到，我那匹可怜的马，它后半截身子没有了，像是给拦腰切掉了。因此，它喝进去的水，都从后面流了出来，一点也没有使这匹马解渴。

这事是怎么发生的，对我来说，完全是一个谜。这时，我的马夫从相反的方向向我疾驰而来。他连珠炮似的祝贺我，埋怨我，向我说明了事情的原委。原来，我追击过猛，同溃逃的敌人同时挤进了城门，就在这时，要塞里的敌人突然把闸门放了下来，一下子把马的后半截身子给切掉了。留在门外的后半截马，不停地用蹄子乱蹬乱踢盲目拥向城门的敌人，给了他们毁灭性的打击，然后带着胜利的自豪，跑到附近的草地上去了。如果到那里去找，也许还能找到它。我听了马夫的话后，马上掉转马头，骑着前半截马，飞快地向草地奔去。我果真在那儿找到了后半截马，心里说不出的高兴。

毫无疑问，前半截马和后半截马都还活着。于是我马上派人叫来了军医。他没有多加考虑，就用月桂树的嫩枝把两半截马缝合在一起。为什么用月桂树的嫩枝呢？因为他手上正好拿着它啊！马的伤口很快便愈合了，可是又发生了一件只有在这匹声誉卓著的好马身上才能发生的怪事：月桂枝条在马的体内生了根，向上生长，搭成了一座月桂树枝的凉棚。后来，我坐在舒适凉爽的凉棚下，立了不少战功呢。

先生们，现在你们该相信，一个人能够骑像立陶宛马那样的烈马了。你们也该相信，一个人还能骑另一样东西，这东西不仅可以让人作骑术表演，而且还可以神奇地发出声音来。事情是这样的：

有一次我们包围了一座城市，我不记得是哪座城市了。陆军元帅很想知道敌人要塞里的详细情况，但是要通过敌人的前哨、岗哨和要塞工事，深入到敌人内部，看来比登天还难，几乎是不可能的，而且他身边也没有一个能干的人有望获得成功。还要算我最勇敢、最有责任感了。我敏捷地站到那门最大的大炮旁边，等它向敌人的要塞开火时，我一纵身跳到飞出的炮弹上，打算让炮弹把我送进敌人的要塞。可是，当我在空中刚飞了一半路程时，我的脑子里产生了各种各样、并非无关紧要的疑虑。唉，我想到，你进去容易，可是怎么出来呢？你在要塞里会遇到什么情况呢？敌人马上会认出你是一名间谍，会把你吊到附近的绞架上去处死。这种光荣的下场你可受不了。经过一番思考，我马上决定找机会回去。就在这时，从敌人的要塞里打出一颗炮弹，向我们的兵营飞去，在离我几步远的时候，我从我的炮弹上跳到了那颗炮弹上。我虽然一无所获，但安然无恙（yàng）地回到了自己的兵营里。

还有一次，我想骑马跳过一片沼泽地。起初我觉得它并不宽，可是当我发现它很宽，跳不到对岸时，我已经在沼泽地中间的上空了。我急忙掉转马头，回到原来起跳的地方，以便来个较长距离的助跑。可是第二次助跑的距离还是太短，我一下子掉在

离对岸不远的沼泽地里。我陷在稀泥里，只有脑袋露在外面。要不是我的手臂有惊人的力气，我肯定没命啦。我用手一把抓住自己的发辫，拼命往上一拉，由于我双腿紧紧夹住了马，这下便连人带马一起拔了出来。

方卫平精选
儿童文学读本

赵世杰 编译

阿凡提的故事

拆我的那一层

树叶的香味

阿凡提向一个巴依①借了一百个元宝，一家人都动手，辛辛苦苦盖了一座两层的楼房。阿凡提还没搬进去，巴依看见新盖的房子很好，就打主意要把二楼弄过来自己住，算是阿凡提拿房子抵了债，阿凡提要是不答应，他就要阿凡提马上还钱。

"好极啦，好极啦！"阿凡提听了巴依的话，一点儿也没露出不愿意的样子，"我正发愁怎么还债呢。这一来可好了，就照您说的办吧！"

巴依全家得意洋洋地搬到新房子的二楼上来了。过了几天，阿凡提忽然请来了七八位邻居，大家一齐抢着砍土镘（màn）②，拆起墙来。巴依听见楼下轰隆轰隆地响，跑下来一看，大吃一惊，叫道：

"阿凡提，你疯了吗？怎么拆起新房子来了？"

"你在家里待着吧！这和你没关系。"阿凡提一边说，一边

①巴依：财主。
②砍土镘：维吾尔族刨土用的农具。

忙着拆墙。

"怎么没关系？太有关系啦！"巴依急得直跳，大声嚷了起来，"我就住二楼呀！要是楼塌了，怎么办？"

"这有什么关系？"阿凡提说，"我拆的是我那一层，又没拆你那一层。请你好好看住你那层楼，可别让它塌下来压伤了我们呀！"说着，又抡起了砍土镘。

巴依没有办法，只好放软口气，和阿凡提商量起来：

"我的好阿凡提，求你看在咱们交情的分儿上，把你的那一层也卖给我，好吗？"

"卖吗？你给二百个元宝。"阿凡提说。

"这……这……"巴依说不出话来。

"少一个也不卖，我还是拆。"说着，阿凡提又举起了砍土镘。

"我买，我买！"巴依只好把房子买了下来。

肉汤的肉汤的肉汤

阿凡提打猎时捕获了一只野山羊，当天就吩咐妻子煮了一锅肉，请来自己所有的好朋友吃了。

第二天，几个游手好闲的人来到阿凡提家门口，说道：

"阿凡提，我们是你的朋友的朋友，也盛情地招待我们一下吧！"

"好，请各位到家里。"阿凡提把他们带到家里，把朋友啃过的骨头在锅里煮了煮，给每人端去一碗汤，说，"请客人们趁热喝吧！"

这些人惊奇地问道：

"这是什么汤，阿凡提？"

"这是肉汤的肉汤呀！"阿凡提说。

这几个游手好闲的人，只好每人喝了一碗汤走了。

第三天，远方的几个陌生人骑着大马来到阿凡提家，自我介绍说：

"阿凡提，不认识我们吧？我们几位都是巴依，是你的朋友的朋友的朋友。听说你打了只野山羊，还挺肥哩！请你不要吝啬，招待招待我们吧！"

阿凡提请巴依们坐到屋里，在洗衣服的大木盆里和了一盆泥糊糊，端到巴依们面前，又递给每人一把小木勺儿，说道：

"高贵的巴依们，喝呀，喝呀！这是肉汤的肉汤的肉汤呀！"

民间故事的一个很重要的内容，是表现属于民间的旺盛的生命能量。许多像《阿凡提的故事》这样的民间智慧故事正是这样产生出来的。许多时候，为了这种表现的需要，民间故事也会选择要心眼、说大话的方式来编织故事。事实上，这种方式也是民间生活能量重要的组成部分。我们读列那狐和敏豪森的故事，并不常常去判断他们所作所为的是与非，而更容易沉浸在故事本身的悬念和趣味里，不然，穿越了那么多重的时空，它们怎么还能够来与我们快乐地相遇呢？

立陶宛民间故事

两只小鸡

　　从前，有一只公鸡和一只母鸡。母鸡孵出了一只小黄鸡，爸爸妈妈叫它小黄黄。不幸的是小黄黄出世不久，老鹰就把鸡妈妈叼走了。

　　鸡爸爸又领来了一只母鸡，名字叫咕咕。咕咕孵出了一只小黑鸡，它说："我们得给小黑鸡取一个又长又美的名字，听说名字越长，活得也越长。"

　　它们给小黑鸡起了个特别长的名字叫作"我们的小娇娇蓝眼睛绿嘴壳红冠（guān）子飞毛腿机灵的脑袋乌黑的羽毛爸爸妈妈的小宝贝"。哎呀，真是又美又长！

　　两只小鸡待在一块儿，小黄鸡老得干活。小黑鸡呢，谁也懒得叫它去干活，因为一想起要念这么长的名字，就会觉得还不如叫一声小黄黄痛快。

　　"小黄黄，去弄点儿水来！"

　　"小黄黄，去挖点儿蚯蚓来！"

"小黄黄，去捉点儿虫子来！"

时间长了，有着又美又长的名字的小黑鸡，什么也不用干，光知道晒太阳。

有一天，一只狐狸溜进院子，抓住了小黄鸡，公鸡爸爸马上叫了起来："小黄黄被狐狸抓着啦！"

猪、狗和山羊一听，连忙赶来追狐狸。狐狸吓得忙把小黄黄放下跑掉了。

第二天，狐狸又来了，一下抓住了正在晒太阳的小黑鸡。母鸡妈妈忙喊道："我们的小娇娇蓝眼睛绿嘴壳红冠子飞毛腿机灵的脑袋乌黑的羽毛爸爸妈妈的小宝贝被狐狸抓着啦！"

还没等它把这个啰唆的长名字全念完，狐狸早就叼着小黑鸡跑掉了。

树叶的香味

阿拉斯加因纽特人
民间故事

小耗子长途旅行记

有一天，一只小耗子外出旅行。耗子奶奶给他烤了些路上吃的饼，把他送到了洞口。

小耗子是一大早出门的，到了傍晚才回来。

"啊，奶奶！"小耗子喊了起来，"要知道，原来我是最有力量、最灵巧、最勇敢的，可在旅行前我还不知道哩。"

"你是怎么知道的呢？"奶奶问。

"是这样的，"小耗子讲了起来，"我出洞以后，走呀走呀，来到了大海边，那海可大可大啦，海面上不停地翻着波浪！可是我并不怕，我跳到海里就游了过去。连我自己都感到惊讶，我竟然游得这么好！"

"你说的大海在哪儿？"耗子奶奶问。

"我们老鼠洞的东边呀！"小耗子回答说。

"我知道，我知道这个海。"耗子奶奶说，"前些天有一只鹿从那儿走，一跺蹄子，蹄子印里积下了水。"

"那么你再接着往下听。"小耗子说，"我在太阳底下晒干了身子，又继续向前走。我见前边有一座高山，那山可高可高啦，山顶上的树把云彩都挂住了。我想，不能绕着这座山过去。我跑了几步，纵身一跳，就从山上跳了过去。甚至连我自己都感到惊讶，我怎么能跳这么高！"

"你说的那座高山我知道，"耗子奶奶说，"那是水坑后面的小草丘，上面长着草。"

小耗子叹了口气，但接着讲了下去：

"我继续往前走，只见两只大熊在打架。一只白色的大熊，一只棕色的大熊。他们吼叫着，一只熊要打断另一只熊的骨头，可是我没害怕，就扑到他们中间，硬是把他们俩给分开了。甚至连我自己都感到惊讶，我一只小耗子竟然对付得了两只大熊！"

"原来你说的两只大熊，一只是白蛾，一只是苍蝇。"

说到这儿，小耗子伤心地哭了起来。

"闹了半天，我不是最有力量、最灵巧、最勇敢的呀……我游过去的是蹄子印，跳过去的是小草丘，分开的是白蛾和苍蝇。只不过如此啊！"

耗子奶奶笑了起来，说：

"对于小耗子来说，蹄子印就是大海，小草丘就是高山，白蛾和苍蝇就是大熊。如果这些你全都不怕，那就说明在整个冻土地带数你最有力量、最勇敢、最灵巧了。"

自然、巧妙、意味深长的转折对一则好故事来说常常至关重要。两只小鸡在前半段故事中受到的不同对待，从它们的名字中得到了简约而有趣的反映。然而在故事后半部分，"又美又长"的名字恰恰让狐狸叼走了原本受宠的小黑鸡。整个故事蕴涵着轻巧利落的讽刺与警醒。在小耗子长途旅行的故事里，主人公的情绪一波三折，正当它在故事结尾处为自己不是"最有力量""最灵巧""最勇敢"的小耗子而伤心难过时，耗子奶奶的话再次为它，也为整个故事点亮了希望和快乐的光芒。

日本民间故事
陆留第　译

粗心的一家

从前，有一个人坐在席铺上与朋友你一下我一下地下着围棋，眼看局势对自己很不利。

"嗯……"

他全神贯注地沉思着，一口接一口地吸着灭了火的香烟。

"瞧你哟，这副怪样子，火灭了还不知道，咯咯咯……"

在隔壁房间做针线活儿的老伴看了直发笑。

"你呀，一着迷，就成了这个样子。火已熄啦，还吸着，真叫人好笑！"

她光看着席铺那里在发笑，忘了手头做的针线，结果把衣服的袖口给一针一针地缝了起来。

厨房里，侍女正把锅里的饭盛到饭桶里，当她看到这种情形时，笑着说道：

"哎呀！太太啊！看你光注意席铺那里，竟把袖口给缝住了。那么你的手将从哪儿伸出来呢？哈哈哈……"

侍女光顾嘻嘻哈哈地笑，忘了把饭盛入饭桶里，全堆在了木板上。尽管如此，侍女却一点儿没察觉，仍然嘻嘻哈哈地笑着，不一会儿，木板上就堆满了饭。

"看你在干什么哟！"正在泥地上编着草鞋的用人看到了这种情形说，"笑人家可真开心啊！瞧你自己干的蠢事！看，饭不是全浪费了！真是拿你没法子。"

用人在编草鞋的同时，一直注意着侍女，所以不知不觉地编了一双又长又怪的草鞋。可是编这么大的草鞋，给谁穿呢？

当主人吸着熄了火的烟时，老板娘缝错了衣服；在老板娘缝错衣服时，侍女把饭给泼掉了；在侍女把饭倒在木板上的时候，我们再看那用人的草鞋编得有多长啊！

咳，真是拿粗心的男人、粗心的女人没法子啊！也许那双长长的草鞋，蛇一类的动物会赶来买吧。

边写阅读

这一家人可真够粗心，可这一家人也真够快活！不但故事里的人们高兴得直笑；我们读了这则故事，也会乐得笑出声来吧。

童话与夸张

夸张是童话常见的一种表现手法。那种将日常的意象、感觉和事件膨胀变形，成为超出日常生活形态，又与生活保持着神似关系的夸张故事，足以把我们的想象力拉长无数个长度单位，既让我们在突然伸展出来的奇异世界中体验惊讶和欢喜，又从这个世界里，对另一个现实中的世界提出了善意的讽刺和批评。

小偷罢工

武玉桂① 著

树叶的香味

城里有个小偷协会。这天，协会集体通过了一项决议——罢工。

小偷罢工？不就是说，从现在起再没人去溜门撬（qiào）锁、偷钱包了吗？所有听到这个消息的公民都感到轻松和安慰。和以往不同，这次有组织的罢工没给市政府造成丝毫的压力。市长在晚间电视节目中发表了讲话："衷心地希望他们永远不要再复工了，让小偷见鬼去吧！"

从小偷罢工的第二天起，城里就出现了新气象。太太小姐们带着珍藏的首饰招摇过市；警察的神经彻底松弛；银行职员面前的铁栅栏全部被拆除；总经理同清洁队的垃圾箱办公室联系，准备转让银行的三千只保险箱……值得庆贺的事太多了。

然而，过了没几天，一群妇女来找市长，要求取缔（dì）②警察，理由是没有必要养活这些成天无所事事的闲人。银行经理也

---

①武玉桂，生于1952年，儿童文学作家。
②取缔：明令取消或禁止。

来了，自从小偷罢工后，人们不再到银行存钱，所以银行已面临倒闭，不得不裁减百分之九十的职员。

坏消息比好消息来得更快更多：生产门锁、自行车锁的工人失业了、保险柜大量积压、八百名夜间巡逻队队员被解雇了……

很快，游行示威队伍一支支来到市政府门前，他们高举标语牌，上面写着"要工作，要吃饭""生活离不开小偷"……

迫于各界的压力，市长决定派代表去和小偷协会进行紧急磋（cuō）商，希望他们能顾全大局，立即复工。市长还许诺，今后对小偷要从轻处罚。

派去的代表灰溜溜地回来了，因为小偷们提出了苛刻的条件：要求给他们发加班费，理由是逢年过节别人都休息了，而小偷还在没白没黑地工作；要求市政府按每个小偷的实际工作年头（从掏第一个钱包那天算起）给补发工资，另外附加岗位津贴、危险职业补助等；要求将小偷协会正式接纳为市政府的办公机构，让小偷派代表参加市长竞选。

对小偷们提出的条件，市政府当然不会答应，但受罢工影响，全市有近三分之一的职工已经失业或面临失业，有百分之八十的家庭生活水平开始下降……市长和助手们日夜在一起商讨对策，但事情毕竟太棘（jí）手了。

说来让人不敢相信，这道难题被一个幼儿园小朋友、市长的孙女——小布丁解开了。

根据小布丁的安排，所有失业的人都有了新的工作：制锁工人为儿童们生产玩具；银行职员被派到学校帮助笨孩子补习算术；最快乐的要数警察，他们的全部工作就是在幼儿园陪小朋友做游戏、玩"打仗"，当然，必须用木头手枪……

当晚，小布丁在电视台发表了一次讲话。她说，市政府已决定接受小偷协会提出的全部条件，但所有的福利待遇只能给那些真正的小偷。谁敢保证"偷协"的会员没有冒牌货呢？为了辨别真假小偷，市政府将举行一次"小偷大赛"……

市长宣布了大赛的三条规则：一、小偷协会的一千名会员必须全部参加大赛；二、被窃物定为小偷本身，因为偷活人要比偷钱包难得多，所以更能看出每个小偷的实际水平；三、"赃物"由小偷妥善保管，藏到谁也找不到的地方。

既要去偷人，也得防着自己被偷走。这大赛真够刺激！所有的小偷都激动万分。好咧！大显身手的时候到啦！

第一天，就有三百多名小偷失踪了！

第二天，又有五百多名小偷不见了！

第三天，还剩十八名小偷！

……

到星期六下午，全城只剩下最后一名小偷了。这位正是小偷协会主席、桃李满天下的小偷总教练——A先生。

该如何处置这最后一个小偷呢？全城公民提出了种种方案：关监狱、送博物馆、进动物园……就在大家争论不休的时候，又传来了最新消息：A先生为显示自己本领高强，自己把自己偷走啦！

树叶的香味

刘彪 著

老鼠看电影

电影院里正在放电影。因为片子实在太差劲，所以电影还没放映到一半，观众就走光了。而电影院又是全自动化的，所以放映机还是咔咔地一个劲儿地转下去。

这情景让一只叫叽叽的小老鼠看见了，它的城堡就在这家电影院的地底下。叽叽兴奋得绿豆眼鼓成黄豆大，一溜烟地跑到王宫里，气喘吁吁地报告："陛下……看电影……电影……"

幸亏国王此刻心情正好着呢，说："你把气喘匀了再说。"叽叽好不容易把气喘匀了，将看到的一切都说了。大家一听，呼啦一声就朝地板上蹿。

国王忙喊："哎哎，慢点，慢点！电影院里虽说没人了，但说不定还有苍蝇、蚊子或者蜘蛛呢！那可是个文明的地方，这么乱糟糟的，太失我们老鼠的'鼠格'了！排队，排队！"

于是排队。老鼠们挤的挤，跳的跳，小的闹，大的嚷，好一阵才排成歪歪扭扭、高高低低的一队。立即又有一只老鼠喊：

"走啊！走啊！"

国王说："不行不行！大家都走了，若是来了猫或者蛇，我们的城堡毁了，或者来一群猫把我们堵在电影院里，我们是都去做过街老鼠呢，还是一齐呜呼哀哉呢？"

这倒是个非常严重的问题。于是召开紧急御（yù）前会议，最后决定警戒由国防大臣负责。国防大臣立即把这个任务交给卫戍（shù）司令，卫戍司令又把它交给第一师师长，第一师师长又把它交给第二团团长，第二团团长又把它交给第三营营长，第三营营长又把它交给第四连连长，第四连连长又把它交给第五排排长，第五排排长又把它交给第六班班长，第六班班长再把它交给第七个列兵——"啤酒瓶底儿"。"啤酒瓶底儿"高度近视，戴着老厚的镜片仍然是鼠目寸光，反正去影院也看不清银幕，它也就爽快地答应了。再一级级汇报上去，最后国防大臣向国王报告："我已命令一个师的兵力负责警戒，您就放心吧！"

国王马上又想到另外一个问题："我们是不是应该统一一下服装呢？"礼仪大臣立即附和："对对对！您真英明，和我想到一块儿了！""那么穿什么样的衣服好呢？"一只叫溜溜的老鼠立即拍上了："那就都穿陛下您的这一种吧！"国王把眼一瞪："你也想过一过国王瘾（yǐn），是不是？"溜溜马屁拍到马腿上，吓得赶紧一缩头，不吱声了。礼仪大臣和溜溜是亲戚，赶紧说："那就除您以外，都穿溜溜的这种灰衣服，好不好？"国王的脸色这才有所缓和，说："嗯……好吧！"

大家换好了衣服，国王又对总理说："现在你把座位排一下。"总理说："那您当然坐正中间的位子。其余的按……"国防大臣立即高声叫道："按官衔大小排！"一只老态龙钟的老鼠不服气，也喊："按年龄大小排！"一只叫米粒儿的老鼠也不肯吃亏："按高矮次序排！"国防大臣发火了，拔出枪来，朝洞顶

树叶的香味

砰地放了一枪，恶狠狠地嚷："按官衔大小排！"大家都怕他那支枪，只得忍气吞声地服从了。

一切都安排好了，国王使劲儿地清了几下喉咙，然后说道："现在我宣布几条纪律：一、不准在场内高声大叫；二、不准在场内随意走动……九十九、不准啃座椅。大家都听清楚了没有？"

"听清楚了！"

国王接着说："我们是第一次去看电影，可不能随随便便的。首先举行入场式，请军乐队奏乐！"

等老鼠们吹吹打打，迈着整齐的步伐进入影院时，银幕上只剩下硕大无朋的"剧终"二字了！

每与阅读

有的时候，夸张是从一种陌生和出人意料的词语搭配开始的。把"小偷"与"罢工""老鼠"与"看电影"联系在一起，两粒夸张的种子就这样开始了它们的膨胀与生长。随着故事的推进，阅读的快乐也像点燃了的焰火一般，噼噼啪啪地绽放开来。故事的结局，除了带给我们意外的阅读惊喜，也让我们对现实生活中一些常常被遮蔽了的事与物，有了一次欢快而清晰的观看和难得的反思的机会。

葛竞① 著

鱼缸里的生物课

树叶的香味

　　这节是生物课，老师拿来一只好大的玻璃鱼缸。她和课代表呼哧呼哧地抬着走进教室，小心翼翼地放在讲台上。

　　同学们呼啦一下围过去，鼻子贴着鱼缸边，伸长脖子往里瞧，蓝蓝的水里有好多条彩色的小鱼游来游去。生物老师很神气地喊："看什么？快回到位子上，待会儿我就给大家讲！"说着，还挺严肃地挥挥手，没想到这一挥手让她的袖子挂在了鱼缸角上，又那么一摆手，一下子把大鱼缸给带翻了。

　　大鱼缸里的水哗哗哗地往外流，像瀑布似的从讲台上流了下来，小鱼们也随着水流慢悠悠地游了出来。大鱼缸里的水可真神奇，教室里的水都没过膝盖啦，可鱼缸里的水才少了一点儿。我急忙把书包里的饼干塞进嘴巴里，要是让水泡软了就不好吃啦。

　　生物老师到底比我们大几岁，不像我们慌手慌脚的。她哗啦哗啦地蹚（tāng）着水，呼地关上门，又大声指挥同学们关窗

---

①葛竞，女，生于1977年，儿童文学作家。

户，俨（yǎn）然一个挺有经验的指挥官。

丁零零——

这时，上课的铃声响了，大鱼缸里的水刚好流完，水面一直没过日光灯，大鱼缸在水面上漂荡着。

我们老老实实地坐在自己的位子上，手里紧紧地抓着要漂起来的木头铅笔。大家表面上都挺严肃，其实心里特别高兴。要是谁实在憋（biē）不住，一蹬地面，就可以浮到水面上透口气，顺便在水里游会儿蛙泳什么的，表面上却假装捡铅笔。也是，我们学校一年才有两次游泳课，而且是全校挤在一个游泳池里，只能泡在水里聊聊天，比起今天在水底下上课来可差远了。

生物老师大概是第一次在水底下上课，有点儿紧张。她摘下眼镜来用袖子擦了擦，轻轻地咳了一声，有几个水泡咕噜噜地从她的嘴角溜出来，浮到水面上去了。然后，她一本正经地说："这点小问题根本不影响我们上课，对不对？"说这话时，我好像看见她悄悄微笑着眨了眨眼。

"没错！"我们兴高采烈地喊，好多小气泡咕噜咕噜地从我们头上漂过去了。坐在我后面的李霆还特意补充了一句："没准儿还有助于我们上课哪！"

我也忍不住小声嘀咕："至少大家不用都凑到鱼缸那儿去看了，可以让小鱼自己游过来，让每个人仔仔细细地观察。"刚说完这句话，一串儿亮晶晶的小气泡就从我脸边擦过，向上漂去。

生物老师一下就发现我小声嘀咕了。可是挺奇怪，她没像平时那样狠狠地瞪我一眼，而是大步流星地跑过来，用一个小网子哗地网住这几个小气泡，放在耳朵边上轻轻一捏，我刚才小声嘀咕的话就从小气泡里清清楚楚地漂出来啦！听完了，生物老师居然还微笑着点点头："好，这个主意不错！"

老师真逗！我想，这大概就跟我妈把干巴巴的鱿（yóu）鱼泡成胖胖的是一样的道理，老师总泡在水里，也不那么死死板板的了。

老师变魔术似的从夹克口袋里掏出一排小瓶子来，每只小瓶子里都装着一小把绿油油的海草。她吱地拧开一只瓶盖，用手捏出一小撮（zuǒ）儿来说："这是一种叫'五吨肉太郎'的鱼最爱吃的海草！"

"这个名字可挺好玩！"大家在底下嗡嗡地议论，"不太像学名，倒有点儿像外号。"

老师可不理会大家，噘（zuō）起嘴来吹了声口哨，水波轻轻地晃动了几下，一条胖墩墩、圆乎乎的大鱼不知道从哪里游出来了，摇摇摆摆地躲过了四五只想摸它的小脏手，从大家头顶上漂过去，静静地浮在和老师差不多高的地方。老师有点儿想笑，可后来还是神气地挺着胸，挥着手讲起来啦。

老师讲到尾巴、鳍（qí）呀什么的，"五吨肉太郎"很配合地抬一抬尾巴，晃一晃鳍。讲完了，老师看了看小瓶，想了想，只在瓶底留下一小片海草，其他的统统奖励给太郎。当大鱼慢悠悠地往回游的时候，老师猛地拍了一下头，脸有点儿红，说："得告诉大家，这种'五吨肉太郎'还有一种别名，书上一般都叫它的别名。"

后来，老师又指挥好多彩色的胖鱼、瘦鱼、小孩鱼、大人鱼，上台，下台。老师有时讲得高兴了，还让小鱼翻跟头，游一个秧歌舞什么的，简直像一个挺老练的马戏团驯兽师。同学们唰唰地往笔记本上记这些鱼的怪名字，准备给别人起外号时用。

"小绒球！"老师大声喊，轻轻地用手指敲敲桌子。

大家都伸长脖子静静地等着，眼睛都不敢眨巴一下，可是，一点动静也没有。

"小绒球！"老师这次是用拳头砸了砸桌子。可是那个叫小

绒球的家伙还是很不知趣地不出来。

"小绒球！"老师这回完全是警告的口气啦，用皮鞋尖儿噔噔地踢桌子。

这时候，不知道从哪儿漂出来一串儿小泡泡，正好停在生物老师的鼻尖儿那儿。老师抬起手想打破小泡泡，却听到从泡泡里漂出一阵咕唧咕唧的声音。

生物老师一下子皱起眉头，说："这是小绒球在讲鱼语啦！它说它被关在……"

老师还没说完，我后面的李霆噌地站起来，委屈地说："是它先咬我的铅笔头的……"

这节课真短！怎么就打下课铃了？我们这时才注意到大鱼缸不知道什么时候斜了过来，教室里的水正一点点地浅下去，流回大鱼缸里，小鱼们也顺着水流乖乖地游了回去。老师用手攥（zuàn）了攥藏在头发里的水珠，脸上却是笑眯眯的，好像挺为这节课得意的。这简直有点儿让人怀疑刚上课时，大鱼缸是不是她故意打翻的啦。我忽然想起来，下节课要讲鸟类，生物老师不会"不小心"让教室飘到空中去吧？

顶好那样！

树叶的香味

[日本] 矢玉四郎① 著
彭懿 译

明天是猪日

我在学校学习了报纸的作用后突发奇想，决定自己办一份《吹牛报》，就贴在我家附近那个小神社的布告牌上，好让更多的人看到。我哪里知道一出报纸，跟着就发生了怪事。《吹牛报》上写的明明是不可能发生的事，可是一贴上布告牌就成了真的：先是有一位头上长郁金香的小女孩前来拜访，后来又碰上了肚子上裂出个大洞的甜面圈人。我有些为难了，报纸上到底该写些什么才好呢？

对啦！写比《吹牛报》上的事更荒唐、绝对不可能发生的事，总行了吧？

而且，索性不写人的事情。

想到这里，我来了劲头。

就出一张要多离奇就有多离奇的报纸！

我一直写到晚上八点，报纸总算写好了。

我拿起它，朝神社跑去。

---

① 矢玉四郎，生于1944年，日本儿童文学作家。

我把它贴到布告牌上，报纸被月光一照，呈现出一种青白
色，像是浮在那里。

明天早上，读到它的人脸上该是什么表情呢？

吓一跳，站都站不住了吧？哈哈！

这一回，该不会有人说我了吧？

因为我没有写任何地方、任何人的事情。

我写的是猪。说不定猪会呼噜呼噜地叫吧？

第二天，一到学校，大家说的全都是猪。

"怎么才能捉到猪呢？"

"有捉猪的网子吗？"

"说用水桶就行。"

嘿，大家已经读过《猪报》了！

真是没有想到，会有这么多人读过《猪报》了。

我挺高兴。

不过，总觉得有点怪怪的。

中午休息时，校内广播里播放了教导主任的话：

"嗯，明天是猪日，学校放假。猪时间是，下午一点开始，
两点结束。大家努力去捉猪吧！"

他在说什么呀！

我不记得我写过猪时间了。

而且，学校还放假。

想不到，那么一本正经的教导主任还开玩笑。

"喂，什么叫猪时间？"

一问同学，大家都把我当成了傻瓜。

"猪时间就是猪时间呀，十元便宜货！"

什么也问不出来。

我担起心来。

猪日好像要发生什么可怕的事情。

猪肉日我以前倒是听说过。每个月的十日，猪肉比往日卖得便宜。

但没有猪日这样一个节日。

从学校回家的路上，我看见附近的大婶们正站在路中央聊天。

"真盼着明天的猪时间啊！猪好可爱哟！"

"不过，不知道猪从什么地方出来，叫人担心。"

"真受不了。我对猪过敏，一看到猪，浑身就发痒。"

听着听着，就让人觉得明天真的是猪日一样。

不过，明天学校真的放假吗？

那天晚上，连电视新闻里也这样说道：

明天是猪日。

在猪神社里，将举行猪节活动。

今天晚上，会有数不清的人提着猪灯笼，排着队，一边走，一边呼唤猪。

这叫"请猪"，是一种罕见的仪式。

明天，要是有成群的猪出现就好了。

孩子们正盼望着猪时间快点到来吧？

什么时候开始有了猪节呢？

我问妈妈，却完全说不到一起去。

"为什么明天是猪日？"

"为什么？因为有猪出来，就叫猪日啊！如果有牛出来，就是牛日。如果有怪兽哥斯拉出来，就是怪兽哥斯拉日。"

"那么说，也有怪兽哥斯拉时间啦？"

"明明是猪日，怎么会有怪兽哥斯拉出来？快给我睡觉！"

我的脑袋更加糊涂了。

第二天早上，我被妹妹阿玉的歌声吵醒了。

"猪——爬得——比——屋顶——还要高——"

她一边唱着乱七八糟的歌，一边跳。

枕头边上，放着网子。

爸爸嘿嘿地笑着说：

"昨天晚上买的，多捉些猪吧！"

"这不是捕虫网吗？用它是捉不到猪的。"

"行啊，行啊！尽量抓小的。做个迷你猪屋，养上猪，那才有意思呢！"

我不知道他在说什么。

也不去上班，就这么闲待在家里，不要紧吗……

到外面一看，别人家也像是过星期日似的，十分悠闲。

而且，天上到处飘着鲤鱼旗一样的布条。

树叶的香味

"咦？猪旗？"

这可完全是一片节日气氛了。学校好像也真的放假了。市政府的车子，响着喇叭，在大街上转来转去。

"猪时间从一点开始，两点结束。这段时间不能使用自来水，请注意防火。"

街道居委会的会长林田伯伯，穿着漂亮的运动服，头上扎着头巾，意气风发地从我身边走过。

"早上好。抓猪用这个才行。哈哈！"

他干劲十足，手上舞着一把打门球的木槌（chuí）。

早上就闹成了这个样子，到了猪时间，又该闹成什么样子呢？

吃完中午饭，在等待中，时钟的指针终于指向了一点。

呜——呜——呜——

到处响起了警笛声。

连寺院的大钟，也咣地敲响了。

"要出来啦！则安，你拿上网子。阿玉，你拿上水桶。"

爸爸挽起袖子，劲头十足。

"呀，出来啦！"

从什么地方传来了吵闹声。

"从什么地方出来呢？"

妈妈在屋里转起了圈子。

"好，来了。先是这里！"

爸爸把壁橱的门拉开了一道缝。

呼——五六头和狗差不多大小的猪，活蹦乱跳地冲了出来。

"出来喽！"

爸爸啪的一声关上壁橱的门，朝猪扑去。

猪逃得飞快，一下就从他的手里逃了出去，逃掉了。

"哈哈，失败了！"

爸爸笑了。简直就像是在捞金鱼。

"壁橱里面怎么会有猪呢？"

我又悄悄地把壁橱的门打开，呼——又有五六头猪冲了出来。

"哇！"猪从我的脑袋上飞了过去，咚咚咚，逃掉了。

"不行啊，瞧你那战战兢兢的样子！"

我被爸爸训了一顿。

"这次是大衣柜了。拿好网子！"

爸爸打开一头的抽屉。

呼呼呼呼！比猫还要小的猪，一头接一头地冲了出来。

"喂，则安，你发什么呆呀？网子！网子！"

爸爸操着褥垫，转着圈儿地追猪。

小猪像老鼠似的，哧溜一下就逃掉了。

"哎呀，快来呀！这里，这里！"

阿玉在厨房里叫起来。

我跑去一看，碗橱里面猪呼呼呼呀地直叫。

"啊，出来了！出来了！"

妈妈正要拿锅去扣，恰好又从锅里面跳出来两三头猪，她连忙扣住了锅盖。

呼呼呼呼！猪在锅里闹翻了天。

锅盖响。

"呀！"妈妈按不住锅盖了，手松开了。

猪咚咚咚咚咚地逃了。

"这里面呢？"阿玉打开了冰箱的门。

呼呼呼呼呼！

"哎呀，好凉！"

像冰块一样凉的猪。照这样下去，要是不留神把烤箱的门打开了，说不定会跳出烤猪来！

"还是别乱开门了吧！"

"你在说什么呀？看，又出来啦！"

妈妈拧开水龙头，呼呼呼呼呼，黄豆一般大的小猪一泻而出。水槽里全是猪。

"这是什么呀？是水猪吗？"

猪从四面八方钻出来。打开衣橱，呼！打开抽屉，呼呼呼！衣橱后面、窗帘后面、沙发底下，呼呼呼呼呼！呼呼呼呼呼！有大的，有小的，小的就和蟑螂一样。

"抓吧！"爸爸嚷道。可是，抓呀抓呀，猪哧溜一下就滑走了，逃了，根本就抓不住。

不光是我们一家发生了骚乱。

附近的房子、道路、公园里，到处都有猪在跑来跑去。

掀开下水道的盖子，大猪一头接一头地冲了出来。

消防车一边呜呜地鸣着警笛，一边飞驰而来。

"请把一号街出来的猪，赶到本町小学集中；把二号街出来的猪，赶到森林公园集中。"

喇叭里喊道："用水冲猪吧！"

消防队员握住水管，摆好了架势，但从水管里喷出来的却不是水，呼呼呼呼呼，是猪。

"哇，怎么回事？"消防队员吓了一大跳，逃走了。

猪一个劲儿地往外涌，根本就抓不住。不管什么地方，全是猪猪猪猪猪猪猪，成了猪的洪水啦！

已经不知道是从什么地方冒出来的了。

呼呼呼呼！呼呼呼呼呼！

吵死了，吵得人头都疼了。

"怎么会有这么多的猪啊？"

我突然讨厌起猪来。

"那边！到那边去！"

我把身边的猪推开了。

可是，猪反而朝我这里涌过来。

呼呼呼呼！呼呼呼呼呼！

大的用鼻子拱，小的干脆就直扑过来。

"哇，救命！"

简直成了猪的地狱。

我被猪包围了，挤得我受不了啦。

就在这时，四下里响起了警笛声。

呜——呜——呜——呜——呜——

"现在是两点，猪时间结束了。"

喇叭里高声叫道。

一刹那间，猪们就像水流似的，咚咚咚咚咚，一起朝房子外面跑去。

道路上成了猪的河。猪排着队伍，跑走了。

一转眼的工夫，一头也不剩了，猪们不知跑到什么地方去了。

"哇，不得了！则安、阿玉，你们没事吧？"

"啊啊，太好玩了！"

爸爸和妈妈都是笑嘻嘻的。

嘿，这就是猪时间哪……

完得也太快了，我觉得好没劲，一下子变得无精打采。

猪时间之后，是猪节。

人们抬着猪轿子，和着猪号子，跳起了猪舞，吃起了猪馒头，度过了热热闹闹的一天。

那以后的两三天，也就那么稀里糊涂地过去了。

有时，我会突然想起猪日的事情，还有点后怕。

是不是因为我在报纸上写了"猪日"，猪才跑了出来……

还好，写的是"猪日"，一天就完事了。要是写了今年是"猪年"的话，那说不定一整年里都会有猪跑出来的。

也不能在报上乱写怪事。

真的是那块布告牌的原因吗？

因为它是神的布告牌！

不过，等一下。

如果我写在报纸里的事，全都照样发生的话，嘻嘻嘻……我不写那种事了。

写点更加带劲儿的事情吧！

好，就这么办！

（本文选自21世纪出版社出版的《晴天有时下猪系列·明天是猪日》，2007年3月出版。）

[荷兰]比盖尔① 著
宋兴蕴 译

淘气的鞋

你晚上穿着鞋睡觉吗？当然不，你把鞋子脱下来，放在椅子下面或床下面。大人们也都是这样做的。那么，你想想看，在这又长又黑的夜晚，会有多少万双鞋子站在床下或者椅子下，而它们的主人却躺在床上蒙头大睡啊！

鞋子也睡觉吗？不睡，鞋子永远不会疲倦。不信，你听：

有一天晚上，我爸爸左脚的鞋对右脚的鞋说："我对跟着爸爸到处走烦透了。一天到晚他想到哪儿，我就得跟到哪儿——从这儿到那儿，从楼上到楼下，从屋里到屋外。唉！这回我要自己走，我要自己决定走哪条道。"

"我跟你一起去。"右脚的鞋连忙说。

它们俩从敞开的窗户爬了出去，来到漆黑的街上。邻居家夫妇的鞋听到动静，也走了出来。它们的邻居的鞋也跟了出来，邻居的邻居的鞋也加入进来，所有的鞋都聚集在了街上。

①比盖尔，荷兰作家。

队伍很快扩大到足以举行游行了。高跟鞋咯噔、咯噔，大皮鞋咔咔、咔咔，胶鞋嚓嚓、嚓嚓。鞋，鞋，鞋，越来越多——旧的、新的、锃（zèng）亮的、磨破的、棕色的、黑色的、大的、小的。它们走啊，跑啊，跳啊，统统一反常态，因为这是自由大游行，它们的主人的脚都还在床上歇着呢。

"左右找对儿！"有谁在叫，"用鞋带相互拴好。"

可是，奶奶的左脚鞋找不到右脚鞋，没有鞋带的鞋更没办法相互拴到一块儿。

"你在哪儿？你在哪儿？"询问声在黑暗中回响。

"我在这儿，我在这儿！"回答声从周围响起来。

到底谁和谁是一对？左脚的找右脚的，右脚的找左脚的，街上一片大乱。

"别找了！"有只鞋大喊，"从现在起，每只鞋各自独立，我们用不着配对了。"

队伍又向前走去。单只的左脚鞋旁边走着没配对的右脚鞋。噼里啪啦，高贵的锃（zhèng）亮的皮鞋争先恐后地踏过水洼，而那些又破又脏的旧鞋则踮（diǎn）起鞋尖儿，小心翼翼地绕开泥地。老人的鞋又蹦又跳，孩子的鞋却迈着迟缓而稳重的步子。这些鞋这会儿终于成为自己的主人了。这段时间真是太好了，太棒了，太来劲了！

然而，快乐终究要结束的。太阳露出脸来，金色的光线驱走了黑暗。

"我们必须回去了！我们得在人们起床之前赶回家里呀！"鞋们吵嚷着……快乐的游行变成了惊恐万状的混乱。

大多数鞋都迷了路，不知家在何方。太阳升高时，它们还在街道上跌跌撞撞地走着，咯噔、咯噔、咔咔、咔咔、嚓嚓、嚓嚓、噗噗、噗噗……靴子踩着了拖鞋，球鞋绊到了自己的鞋带，

树叶的香味

鞋头撞上了鞋头，鞋跟儿踏着了鞋尖儿。

太阳越升越高。

"快，快呀！我们要来不及了，快进屋里去！"

许多鞋爬进自己所能看到的第一扇窗户，把自己安顿在所能找到的第一个床下。两只男人的左脚鞋在奶奶的床下找到了位置，两只水靴来到了只有两岁的卡罗琳的床下面。我爸爸起床后在床下发现了一只女人穿的浅口无带皮鞋和一只蓝色的旅游鞋，一只左脚拖鞋，还有一只男孩子的右脚鞋。

"这到底……"我爸爸说。

"这到底……"全镇的人起床后都这么说。

那天早晨，人们只好一拐一拐地走着去上班、上学，因为他们的鞋都不合脚，不是大就是小，要不就都是右脚鞋，或全都是左脚鞋。咯噗、咔嚓、嚓咯……奶奶在家里穿着袜子做事，而卡罗琳干脆光着脚丫。

人们相互问："我的鞋在哪儿？谁穿了我的鞋？"大家相互查看对方的脚，不时听到有人喊"啊，我的棕色左脚鞋在那儿呢"，或者，"哟嗬！你穿的是我的红凉鞋"……渐渐地，人们都准确无误地找回了自己的鞋。

只有我爸爸比别人花的工夫长一些，因为他的左脚鞋爬到了一棵树上，三天以后才被风刮到了地面。

牵手阅读

在鱼缸里上生物课，天上像下雨一样下猪，晚间鞋子的游行聚会……没有人知道想象力会把我们带到多么远的地方。当然，想象力的成功永远是与独特的构思和文学语言表达结合在一起的。我们从这里读到的每一则故事，都印证了这个道理。

将来我会怎么样

　　将来我会怎么样？这个问题既叫人憧憬，又令人颇费思量。将来有那么多、那么多的事情要做，可将来的事情，谁又说得准？

　　将来我会怎么样？这个问题还可以换别的方式问：将来我们会怎么样？将来世界会怎么样？将来……

　　让我们走进孩子们和诗人们对将来的理解。

［英国］斯蒂文森① 著
屠岸 方谷绣 译

将来

等我长大成人，
我一定非常神气、伟大，
我告诉男孩儿女孩儿们，
别瞎弄我的布娃娃。

树叶的香味

①斯蒂文森（1850—1894），英国作家、诗人。

汤锐[1] 著

等我也长了胡子

等我也长了胡子，

我就是一个爸爸，

我会有一个小小的儿子，

他就像我现在这么大。

我要跟他一起去探险，

看小蜘蛛怎样织网，

看小蚂蚁怎样搬家。

我一定不打着他的屁股喊：

　　"喂，别往地上爬！"

我要给他讲最有趣的故事，

告诉他大公鸡为什么不会下蛋，

告诉他小蝌蚪为什么不像妈妈。

我一定不对他吹胡子瞪眼：

　　"去去！我忙着哪！"

---

①汤锐，女，生于1958年，儿童文学评论家。

我要带他去动物园，

先教大狗熊敬个礼，

再教小八哥说句话。

我一定不老是骗他说：

"等等，下次再去吧！"

哎呀，我真想真想

快点长出胡子，

到时候，不骗你，

一定做个这样的爸爸。

快乐阅读

树叶的香味

　　《将来》《等我也长了胡子》这两首诗中的两个孩子，正在认真地想象自己的将来。"将来"的"我"会"非常神气、伟大"，要给男孩儿女孩儿们发一个令，不许再"瞎弄我的布娃娃"。诗的前后两行所形成的对比，既生动地传达了孩子天真的思维和稚拙的愿望，又令读者忍俊不禁。而从另外一位想象自己"长了胡子"、当了爸爸的孩子对将来的遐想中，我们则看到了孩子眼中看到的和心目中理想的两种爸爸。读这首诗的孩子们，或许也与诗中的孩子有着同样的感受吧；而读这首诗的爸爸们，或许也会产生许多新的关于怎样做爸爸的想法呢。

［法国］
保尔·福尔[①] 著
戴望舒 译

回旋舞

假如全世界的少女都肯携（xié）起手来，

她们可以在大海周围跳一个回旋舞。

假如全世界的男孩都肯做水手，

他们可以用他们的船在水上造成一座美丽的桥。

那时人们便可以绕着全世界跳一个回旋舞，

假如全世界的男孩女孩都肯携起手来。

携手阅读

　　这是一个与全世界男孩女孩有关的大大的将来、一个属于全世界的回旋舞。我想，每一位男孩女孩都会十分愿意加入到为了这个将来的努力当中，一起携起手来，造一座属于全世界的美丽的桥，然后邀请全世界的人们，都来加入这个美丽和谐的舞蹈。

①保尔·福尔（1872—1960），法国诗人。

想当流浪汉的孩子

如果我们这样来看流浪汉的生活——四处旅行，自由自在，不用工作，也不需要人管教，我们就会理解孩子们为什么会喜欢上这样一个"职业"。但想当流浪汉的念头其实并不是为了什么具体的原因，而是因为童年想要把自己对于挣脱束缚、获得自由的渴望，通过一个具体的形象表达出来。

[美国]
拉塞尔·霍本 著
王世跃 译

流浪汉查利

树叶的香味

"我说，"有一天海狸爷爷来做客时说，"查利要长成大人啦！"

"是啊，"查利的爸爸说，"他过来了。"

爷爷朝查利笑，从内衣口袋里掏出一枚两角五分的辅币。

"你长大了要做什么，查利？"爷爷问。

"我要做个流浪汉。"查利回答。

"流浪汉！"妈妈惊讶道。

"流浪汉！"爸爸惊讶道。

"流浪汉！"爷爷惊讶道，并把钱收回内衣口袋里。

"是的，"查利说，"我要做个流浪汉。"

"这话听着可叫人觉得意外了。"爸爸说，"你爷爷干海狸的工作干了许多年了，我也是海狸，你却想做个流浪汉。"

"现在才有这种事儿啊！"爷爷说着，直摇头，"我年轻的时候，孩子们可不想做流浪汉。"

"我看查利并不是真的要做流浪汉。"妈妈说。

查利说：

"真的，我就是要做流浪汉的。流浪汉不用学习怎么砍树木、怎么滚木头、怎么修坝。

"流浪汉不用练习游泳和潜水闭气。

"没人注意他们的牙齿是不是锋利。没人留心他们的皮毛是不是油滑。

"流浪汉用棍子挑着小包袱，晴天睡在田野里，雨天睡在谷仓里。

"流浪汉只是到处流浪，快活又自在。当他们想吃东西的时候，就为那些想请别人干零活儿的人干点零活儿。"

"我有许多零活儿给你干呀！"爸爸说，"你可以帮我砍树苗做我们过冬的食物，你可以帮我挖备用的隧道做我们的住处。当然，水坝总是需要修理的。"

"那不是零活儿，"查利说，"那是重活儿。"

"我年轻的时候，"爷爷说，"孩子们就干重活儿。现在他们都想干零活儿。"

"好吧！"爸爸说，"如果查利想做流浪汉，那么我看他就应该做流浪汉。我们不应该阻拦他。"

"现在天晴又暖和，"查利说，"我可以睡在田野里了吗？""行啊。"妈妈说。

查利用一块手帕将几块蛋糕和奶糖裹成一个小包，然后用一根木棍挑着，准备上路了。

"我该去流浪了。"查利说。

"再见，流浪汉先生。"爸爸和爷爷说。

"再见，流浪汉先生。"妈妈说，"准时回家吃早饭，还有，别忘了今晚刷牙。"

查利登上他的小船，划过池塘，沿着小路流浪去了。妈妈、爸爸和爷爷在后边朝他挥手作别。

"我想起来了，"爷爷说，"我小的时候也想做流浪汉，就像查利一样。"

"我也是啊！"爸爸说。

"男人都这样，"妈妈说，"他们都想做流浪汉。"

查利沿着小路流浪，脚下踢着一粒石子儿，嘴里吹着流浪汉之歌。

他眺望蓝色的远山，他倾听母牛的颈铃在远处的草场上叮当作响。

有时，他停下来朝电话线杆子扔石子儿；有时，他坐在树下注视着云儿飘过。

查利一直流浪到太阳快要落山了，才找了一块田地睡下。他找了一块生长着雏菊的田地，草和苜（mù）蓿（xu）在那里散发着香味儿。

查利解开小包，拿出蛋糕和奶糖吃起来。在他吃着的时候，

树叶的香味

星星出来了。

"当流浪汉真有趣。"查利自言自语地说。他睡着了。

第二天早晨，他划过池塘，妈妈正在窗口望着他哩。

"查利回来了，"她跟丈夫说，"身上的毛乱蓬蓬的，棍子上还挑着一束雏菊。"

"早晨好，夫人。"查利对出来开门的妈妈说。他把雏菊献给她，问："您能不能给我一件零活儿干干，换一顿早饭吃？"

"你可以把大划艇里的水舀出来，"爸爸说，"这活儿对你来说，再合适不过了。"

"好的。"查利说，"干完了我就在后门台阶上吃早饭，因为流浪汉都是那样做的。"

于是，查利舀干了大划艇里的水。他在后门台阶上吃早饭的时候，爸爸过来挨着他坐下。"做流浪汉好吗？"他问。

"好极了！"查利说，"比做海狸可容易得多。"

"昨晚你睡得怎样？"爸爸问。

"好极了！"查利说，"就是有什么东西老吵醒我。"

"是吓人的东西吗？"爸爸问。

"不，"查利说，"是好玩的东西，可我不知道是什么。今天夜里我一定要再听听。"

饭后，查利划过池塘，吹着他的流浪汉之歌，沿着小路走了。

查利流浪了一天。他听鸟的歌唱，他嗅长在路边的花朵，有时他停下来采摘黑莓，有时他在围栏上面走。

中午和傍晚查利回家，打零工挣午饭和晚饭吃。

为了一顿午饭，他往地窖里推过冬用的小树。为了一顿晚饭，他帮爸爸修理小码头上的一块木板。

晚饭后，查利又回到生长着苜蓿和雏菊的那块田地里。在那儿，他吃了蛋糕和奶糖，然后就等着听昨天夜里听到的声音。

查利听到青蛙和蟋蟀在静静的夜里联唱，他还听到了别的什么东西。他听到一连串哗儿哗儿的声音，像是一支没有词的短歌。

查利想好好听一听这哗儿哗儿的歌。于是他爬起来，走到发出声响的树林里。

他看到一条小溪，在月光下唱着歌流过，他就坐下来又听那支歌，但是哗儿哗儿的声音使查利发痒，他坐不住了。

他脱下衣服，扎进小溪，在流水唱出的歌声里游来游去。

然后查利爬上来，砍倒长在岸上的一棵小树，把它推到水里。

查利深吸了一口气，带着树潜到了溪底，使劲儿把它插到泥里，不让它漂走。

这时，他又听流水的歌，比刚才更喜欢它了。于是查利砍下更多的树，着手修建一道小水坝，好不让流水都哗儿哗儿地流走。

查利在他的小水坝上工作了整整一夜。到黎明时分，小溪已经变宽，成了一个池塘了。这时，流水的歌不再使查利发痒了，他说："我看现在我可以回去睡觉了。"

为了保持牙齿锋利，他刷了刷牙。为了让身上的毛保持防水功能，他给它们抹上了油。然后，他才到他的新池塘上的一棵老柳树的树洞里去睡了。

查利睡过了早饭时间，妈妈见不到他，开始着急了。

"我保准查利没事儿的，"爸爸说，"不过我想还是找一找的好。"他来到小码头，用尾巴在水面上一击。啪！

啪！爷爷用尾巴回答了，并过来看出了什么事。

"让那孩子跑去做流浪汉，我真看不出有什么好处。"妈妈说。

"现在的事儿，真是，"爷爷说，"孩子们逃走，没好处啊！"

于是，妈妈、爸爸和爷爷去找查利。过了一会儿，他们来到那个新池塘，但他们没有看见睡在树洞里的查利。

"我记得以前这儿没有池塘啊！"爷爷说。

树叶的香味

"我也不记得啊！"爸爸说，"这一定是个新的池塘。"

"真是个好池塘！"爷爷说，"谁弄的呢？"

"难说，"爸爸说，"也许是海狸哈里，您看呢？"

"不，"爷爷说，"哈里修坝总是很草率，而这道坝修得一点儿也不草率。"

"是不是老海狸泽伯呢？"爸爸说，"泽伯修的坝总是很美观。"

"不，"爷爷说，"泽伯从来不修这样的圆形池塘，他偏爱长方形的池塘。"

"您说对了，"爸爸说，"他是偏爱……"

"咦？"妈妈对爸爸说，"这池塘看着像是你修的。"

"她说得不错，"爷爷说，"是像你修的。"

"这可怪了，"爸爸说，"我没有修，可又是谁修的呢？"

"我修的。"查利应声说道，他刚好醒来爬出树洞，"那是我的池塘。"

"是你的池塘？"爸爸问。

"是我的池塘。"查利说。

"我以为你是一个流浪汉呢，"爷爷说，"流浪汉可不修池塘。"

"啊，"查利说，"有时我喜欢到处流浪，有时我喜欢修池塘。"

"能修这种池塘的流浪汉，过不了几天就要变成海狸的。"爸爸说。

"如今才有这样的事儿啊！"爷爷说，"你根本不知道一个流浪汉什么时候会变成一只海狸。"他从内衣口袋里掏出那枚两角五分的辅币，送给查利。

"谢谢。"查利说，"妈妈在哪儿？"

原来妈妈跑回了小船，飞快地划过池塘去了。等男人们赶到家时，她已经把煎饼和槭（qì）糖浆在桌上摆好了。

[阿根廷]
莱·巴尔莱塔 著
朱景冬 译

流浪汉与小男孩

树叶的香味

　　小男孩费尔南多碰见流浪汉坐在门槛（kǎn）上。他怯生生地停在流浪汉的面前。他虽然害怕，却被流浪汉那长着乱蓬蓬的、又粗又硬的头发的脑袋吸引住了。于是他鼓起勇气去瞧流浪汉的脸，可是他的双腿微微颤抖，做好了逃走的准备。流浪汉坐在那儿一动不动，连眼睛也不转，嘴也不动。小男孩鼓足了勇气，向前迈了一步。他的面颊闪耀着勇敢的光芒。他又向前走了一点，对着流浪汉眨了眨眼睛。他距离这个"拎口袋的人"不到一步远了。流浪汉抱着他的口袋和棍子。小男孩又把一只脚颤抖着向前移动了一尺，心里想：你瞧，我多么勇敢！他真想用手碰流浪汉一下，好跑回家去告诉马蒂尔德婶婶他敢碰这个"拎口袋的人"。

　　流浪汉没有动弹，他甚至没有扭过头来看小男孩一眼。费尔南多却相反，他要尽情地把流浪汉打量一番。他先瞧流浪汉的短靴，因为流浪汉没有光脚，他的左脚上是一只用皮和布做的旧靴，右脚上是一只鞋帮开绽了的靴子，露出了一排像鱼牙似的鞋钉子。

　　小男孩觉得他穿的这双靴子实在好看，他只见过马戏团的小丑和卡利托斯穿过这样的靴子。马戏团的小丑会耍那么多奇妙的玩意儿；卡利托斯则是一个比皇帝的本领还大的人，他特别爱在流动饭摊上偷香肠吃。

　　小男孩注意到，流浪汉不喜欢任何多余的东西。他不系鞋带，不用扣子，也不穿袜子！裤子不是灰色的，也不是绿色的、栗色的、紫色的，而是这些颜色的混合色。一条裤管短，一条裤管破，线一直开到靴子口。膝盖上剐破了一道口子，用白线缝得很糟糕。

　　他的上衣并不旧，只是沾满了泥土，皱皱巴巴的。袒露的胸部几乎被胡子遮住了。头上没戴帽子，头发一缕一缕的。眼睛与其说是慈善的，不如说是悲伤的。眉毛浓密，但很乱。

　　小男孩打量着他，好奇心难以掩饰。他的眼睛像大麻蝇似的在流浪汉身上转来转去，但是流浪汉一动不动，仿佛在留神倾听几只蚂蚁来来往往、忙忙碌碌的动静。那些蚂蚁的腹部和胸部一样大。

　　小男孩用又尖又细的声音说：

　　"你在这儿做什么？"

　　但是长胡子的流浪汉不愿意听他的问话。蚂蚁在弯弯曲曲的小路上爬来爬去，密密麻麻，不断地相撞，不容易前进。有一些蚂蚁叼着一片树叶爬得很慢。树叶太重，它们使出全身的力气也还是不行，所以老是东倒西歪，就像那种小帆船一样，被风吹得歪歪斜斜的，船舷（xián）甚至贴着了水面。

　　小男孩壮了壮胆子，看了一眼流浪汉放在地上的口袋和棍子，克制着逃走的想法，悄悄向他靠近，直到差一点碰着了他。然后，小男孩用脚尖颤抖地碰了碰他。这时，流浪汉摇了摇头。费尔南多像被针扎了一下似的往后跳了几步，吓得睁大眼睛望着他，心中暗想，应该向他扔一块石头。费尔南多不怨他，也不恨他，但是他想用石头碰他一下，让他动一动，让他开口说话，看看他是不是跟所有的人一样。

流浪汉用他那双发红的、爱流泪的眼睛望了望小男孩。费尔南多明白，即使找到一堆石头、瓦片，他也只能以失败告终。

"你没有家吗？"小男孩用他那尖细的声音问。

流浪汉缓缓地摇了摇头。

"你夜里在哪儿睡觉？"

流浪汉粗声粗气地回答：

"随便在什么地方，可以在这儿，可以在那儿……在荒地里……"

他的声音使小男孩感到失望。

费尔南多想问问他是不是害怕，但是又觉得自己的问话太可笑了。

"你没有妈妈吗？"

"没有，我没有。"

"跟我一样。"小男孩说。

"你有儿子吗？"

"没有，我没有。"

"有兄弟吗？"

"没有。"

"有叔叔吗？"

"没有，什么人也没有。"

看到这个穿戴整洁、头发齐整、身体健康的小男孩如此好奇，他觉得挺有趣的，不再关心那些蚂蚁。

"你是坏人吗？"

"不。"

"是好人啦？"

长胡子的流浪汉咧（liě）开嘴微微一笑，觉得应该把自己的面孔变得更体面一点。

"你带这个口袋干什么？"

"用来装讨来的东西……"

"棍子呢？"

"用来走路，防备那些咬人的狗……"

费尔南多小心地挪到流浪汉跟前，伸出手去摸他。先摸他的头，后摸他的胡子，最后又用手指头肚蹭了蹭他那粗糙（cāo）的面颊，仿佛想证实一下他是个大活人。突然，费尔南多激动地转身便跑，跑进家门。这时，他婶婶正好出门来找他。

"孩子，你在干什么？你不去拿块面包给他，反倒拿他开心，招惹他。"

流浪汉不等那块面包破坏这个美好的时刻，就站起来走了。

晚上吃饭时，费尔南多问：

"马蒂尔德婶婶，为什么先是白天，后是黑夜呢？"

"因为……因为傍晚渐渐来临了，胡安下班回来了。"

"马蒂尔德婶婶，为什么有流浪汉？"

"因为他们不愿意工作。"

"他们为什么不愿意工作？"

"因为他们懒惰。"

"你也常说我懒惰。"

小男孩沉默了一会儿。他那两只活泼的小眼睛扫了一下汤盆，发了一阵儿愣，然后又问道：

"他们老走路吗？"

"是的。"

"不休息吗？"

"休息的时候随便找个地方就睡。"

"打雷的时候呢？"

"望望天空，画个十字。"

"下雨的时候呢？"

"衣服会被淋湿了。"

"衣服淋湿了呢？"

"像鸟儿似的晒晒太阳就干了。"

"噢。"

胡安·爱德华多叔叔在看报，这时他合上报纸好奇地望了望费尔南多，只见小男孩把小勺停在嘴边，用说梦话似的声音若有所思地说：

"等我长大有了胡子后，我也要去当流浪汉。"

伴手阅读

树叶的香味

在海狸查利和小男孩费尔南多看来，流浪汉的"职业"有着诸多令人羡慕的好处。于是，海狸查利按照自己的愿望，当了一名流浪汉。不过无论如何，他还是在由自己支配的流浪汉生活中，同时学会了一名合格的海狸所应该学会的本领。在这里，流浪汉似乎成了一个需要交给孩子自己来支配的特殊的成长时间的象征。或许小男孩费尔南多也需要这样一段属于流浪汉的自由时间来思考和安排自己的未来吧。

人们叫我捣蛋鬼

在现实生活中，捣蛋鬼常常是一些令人头疼的孩子，可恰恰是这些机灵的捣蛋鬼们，常常被选来作为儿童故事的主角。这么一来，他们的顽皮与捣蛋，也一下子变成了令人欢喜的冒险与玩笑。这事听上去有点不公平，不过它也正好反映出文学作品的力量。写故事和读故事的人们对顽皮的孩子的青睐，也许反映出了他们对于童年丰沛能量的一种羡慕与向往吧。

［保加利亚］
笛米特·伊求① 著
郑如晴 译

拉拉和我

婴儿

桐尼叔叔和一位女学生结婚了。

刚开始她很漂亮，后来越来越胖，很快就比桐尼叔叔胖了。

我们都为桐尼叔叔担心，因为他和他太太睡的是狭窄型的法国床。如果她再胖下去，他就没地方可睡了，就像有次夜里，我从床上摔下来一样。

我们应该送他一张床吗？

我们还有一张旧床在地下室。可是床该放在哪里呢？他的房间已经没有空间了。

"最好是她减肥！"拉拉说，"桐尼叔叔不该给她吃那么多，或者，他应该把食物藏起来！"

"对！"我赞成，"他应该把食物藏起来！"

我们想马上去找桐尼叔叔，告诉他应该把食物藏起来，否则他太太会越来越胖，但是妈妈说，桐尼叔叔不在，带他太太去度

①笛米特·伊求，生于1932年，保加利亚儿童文学作家，现居德国。

假了。

一天，我们从窗外看到桐尼叔叔的车。

"快！拉拉！桐尼叔叔回来了！"

我们看到桐尼叔叔下车了，还有他的太太，她更胖了。

可怜的桐尼叔叔，床上可能没有他睡的地方了。他们开车出去时，车子一定有一边倾斜下去了。

"你将来会和这样胖的太太结婚吗？"拉拉问我。

"才不呢！"

"我也是！"她说。

桐尼叔叔看来根本不会因为他太太这么胖而受影响，他们手拉着手走，他好像不知道她是全街最胖的女人。这简直把我们给弄糊涂了。可怜的桐尼叔叔！

拉拉认为：爱情是盲目的。

我想知道为什么爱情是盲目的，但是拉拉也不知道。

第二天早餐时，我听到妈妈对爸爸说：

"下午有个电视节目——如何在两星期内减肥五磅，我无论如何都要看。"

我和拉拉马上跑去告诉桐尼叔叔。

"桐尼叔叔，桐尼叔叔。"

"什么事，孩子们？"桐尼叔叔问。

"今天有个电视节目——如何在两星期内减肥五磅。你太太一定要看。"

桐尼叔叔笑着说："为什么？"

"因为……因为……"拉拉吞吞吐吐地说，"因为她太胖了！"

"对！"我说，"她必须减肥了，她变成整条街最胖的女人了！"

"她是很胖，"桐尼叔叔说，"因为我们的小娃娃在她的肚子里！"

我和拉拉呆呆地站在那儿。

"什……什么……样的小娃娃？"拉拉结结巴巴地问。

"我们的小娃娃，她的小娃娃，也是我的小娃娃！"桐尼叔叔说。

"那小娃娃在那里做什么？"我想知道。

"他在睡觉。"桐尼叔叔解释，"他一边睡，一边长大，有一天他会跑出来，那时我太太就会像以前一样瘦了。"

天哪，原来是这么一回事！拉拉和我下楼时说好，这件事我们绝对一个字也不说出去。我们好兴奋啊，等小娃娃醒了跑出来，那才是更大的惊喜呢！这栋房子里住了那么多人，却只有我和拉拉知道桐尼叔叔的太太为什么变胖了。

鲜奶油蛋糕

树叶的香味

一天，拉拉对我说："你知道冰箱里有什么吗？"

我根本不想知道，既然她这样说了，我便顺口问："有什么东西？"

"一个蛋糕！"

"这样的一个蛋糕？"我画了一个蛋糕。

"不是，大多了，"她说，"也漂亮多了！"

我又画了一个大蛋糕。

"更大点，"她说，"上面有鲜奶油！"

我们俩一起去看蛋糕，那果然是很大的一个。

我的口水都快流出来了。

我们俩很惊讶有这么个蛋糕。妈妈走来对我们说："你们俩不要碰我的蛋糕！这是要请客用的，爱玛姑妈和可瑞姑妈今天会

来。"她说完就去买咖啡了。

我们俩独自在客厅玩，家中没有人，于是我们悄悄地溜进厨房。

"我想看看，蛋糕是不是还在。"拉拉说着走近冰箱，"也许有人偷咬了一口。"她打开冰箱，蛋糕仍在。

"不要碰它！"我说，"那是给客人的！"

"我根本不想碰它！"拉拉说，但是我看到她的口水都快流下来了，"我只是在想，鲜奶油蛋糕也许坏掉了。"

"不会！"我说，"它根本不会坏掉！"

"我们不知道！"拉拉固执地说，"大家都晓得蛋糕很快会坏掉，这样我们的两位姑妈就会中毒！"

我不要我的爱玛姑妈和可瑞姑妈中毒，我问她：

"我们该怎么办？"

"很简单，"拉拉说，"我们先尝一口看看！"

"对！"我说，"先尝一尝！"

我们从冰箱里把蛋糕拿出来。拉拉说，她尝左边，我尝右边。我们尝了一口，真好吃。

"拉拉，蛋糕没有坏掉，爱玛姑妈和可瑞姑妈不会中毒的。"我相信，拉拉也赞同。

"但是，"她说，"我们只能说这两边没有毒，其他的地方呢？"

此后我们尝遍了鲜奶油蛋糕外面那一圈的每一处，确信那是没有毒的。

"它的外面那一圈都是好的。"我说。

"是的。"拉拉说，"外面这一圈是好的，但是中间也许坏掉了。"

我们拿来一把刀子，切开蛋糕，尝了它中间的部分。

当妈妈回来时，看到了蛋糕，站在那里张着嘴巴说不出话来。

"我们不希望爱玛姑妈和可瑞姑妈中毒。"拉拉和我解释说。

"都给我吞下去！"妈妈愤（fèn）愤地大声说，"你们这两个馋鬼！"

她既然这么说，我们也就照做。

我们继续吃，把整个蛋糕都吃光了，最后我们俩都肚子痛。

"你看，"拉拉对我说，"这个蛋糕是坏掉的吧？"

不管我们如何笑话拉拉和"我"为桐尼叔叔和他的妻子，以及两位即将前来做客的姑妈所做的一切，这两个小不点儿可是在自己的世界里过得认真而严肃的。而反过来，正是这种来自童年主人公的认真和严肃，为每一则故事带来了令人忍俊不禁的效果，也把其中的幽默和趣味衬托得越发浓稠起来。他们的天真与可爱，使他们的行为在不知不觉中超越了所有人的道德判断，变成了一种可以观赏的纯粹而美好的事物。

树叶的香味

［奥地利］
克里斯蒂娜·涅斯特林格① 著
陈敏 译

弗朗兹的故事

弗朗兹如何证明自己

小男孩弗朗兹今年已经六岁了，但是因为他的个子很小，所以许多人都看不出他的实际年龄来。他们总以为他才四岁，而且也不认为他是一个男孩。

弗朗兹在卖水果的大嫂那儿买了一个苹果，大嫂亲切地对他说："你好呀，小姑娘！"

他去买报纸的时候，报亭的大叔说："可爱的小女士，还要找给你钱呢。"

大家之所以会这样看他，都是因为他长着一头金黄色的鬈（quán）发、一双浅蓝色的眼睛和一张樱桃般娇嫩的小嘴，还有他那张小脸蛋总是红扑扑的。绝大部分人都认为，只有漂亮的小姑娘才会是这个样子的。

弗朗兹的爸爸在孩提时代也长得像一个小姑娘，而他现在是一个又高又胖的男士，还留着胡子。没有一个人会误以为他是一

---

①克里斯蒂娜·涅斯特林格，女，生于1936年，奥地利儿童文学作家，1984年国际安徒生奖获得者。

位女士。

爸爸经常给弗朗兹看自己以前的照片，对他说："这个，看起来像女孩的人，就是我！"

然后，他又给弗朗兹看自己长大了一些的照片，说道："看，这是我几年以后的样子。到这个时候，再也没有人把我当成一个女孩了。你肯定也会是这样的！"

这对弗朗兹来说，的确是一种安慰。尽管如此，他对自己长得像个女孩这件事情，仍然感到特别气愤，因为有些小男孩认为他是女孩，而不愿意和他玩。

每次当弗朗兹走进公园，来到游戏场上，想在足球比赛中当守门员时，小男孩们总是会喊道："嘿，你快走开！我们的球队是不会要女孩的！"

当弗朗兹向这些小男孩声明他不是女孩时，这些孩子们就一起取笑他，他们压根儿就不相信弗朗兹说的话。他们说道："别撒谎了！从你的声音就能听出来你是个女的！像你这种尖尖的鸟叫声，只有女孩才会有！"

但是，弗朗兹的声音根本就不是尖尖的鸟叫声。他只有在非常生气的时候，才控制不住地尖声说话。只有当别人把他当成女孩，而不愿意和他玩时，他才会生气，才会发出这样的声音。

一个星期天，弗朗兹无所事事地趴在厨房的窗户上，向外张望，恰好看到楼下的院子里站着一个男孩子。弗朗兹仔细看了看，不认识，以前从来没在院子里见到过这个男孩，他一定是谁家的亲戚。

这个男孩一边吹着口哨，一边在院子里四处转悠。他的脚凑巧碰到了一个铁皮罐子，就踢了一脚。他的力气真大，罐子嗖的一声，飞过院子中央，落到了院子的另一头。男孩子追过去，又补上一脚。

"妈妈，你认识下面那个男孩吗？"弗朗兹问。

妈妈走到窗子旁边，朝下面望了望。

"那大概是贝尔格太太的侄子吧。"她说，"可能是和他妈妈一起来做客的，一定是觉得待在屋里没意思。"

弗朗兹深有同感。每次去姨妈家做客，他也总觉得没劲透了。

他想：可以去找男孩玩一会儿，这样他们俩就不会都觉得没意思了。

于是，弗朗兹往裤子口袋里塞了四颗弹球、三块口香糖、两只铁皮做的小青蛙和一张餐巾纸，匆匆忙忙地对妈妈说："妈妈，我要到院子里玩！"

妈妈同意了。

"但是你得规矩点，"妈妈在后面冲弗朗兹喊道，"贝尔格家族是很挑剔的！"

弗朗兹一点儿也不明白，什么是"家族"，更不知道"挑剔"是什么意思。他只顾急匆匆往外跑，根本没心思问这两个词到底是什么意思。

下楼之后，弗朗兹没直接去院子，而是先去地下室把他的自行车取了出来。提起那辆车子，弗朗兹就自豪得不得了。那可是一辆崭新的车子，刷着鲜红色的油漆，车头上还装着一个很大的橡皮喇叭。

他得意扬扬地想：这一定会让那个男孩羡慕得合不上嘴巴！这么帅的自行车他以前肯定没见过！

弗朗兹把自行车推进院子，骑上车子绕着那个男孩转圈。圈越转越小，他还不断地按着喇叭，提醒那个男孩注意他有一辆多棒的自行车。

终于，这一切引起了那个男孩子的注意。

他不再吹口哨了，喊道："嘿，喂，你叫什么？"

弗朗兹刹住车，噌（cēng）地从车上跳下来，自豪地说：

"我叫弗朗兹！"

"哈哈，逗死了，"男孩竟然大笑起来，"女孩子怎么能叫'弗朗兹'这个名字呢？"

"女孩当然不能叫这个名字，"弗朗兹有点儿激动，"但是，请注意，我不是女孩！"

他的声音听起来有一点儿尖。

如果某种苦恼时常烦扰你，你就会敏锐地觉察到它每一次的来临。

然而，这个男孩完全是一副相信自己正面对着一个可笑的谎言的样子。

"我是一个男孩！真的！千真万确！"弗朗兹用不容置疑的口气说。

"鬼才相信呢！"这个男孩把头摇得跟拨浪鼓似的。

恰巧这时，院子的大门被推开了，是佳碧！她是出来倒垃圾的。佳碧一边倒垃圾，一边歪着头饶有兴味地朝弗朗兹他们这边看。

佳碧是弗朗兹最好的朋友，就住在他家的隔壁。平时，他们俩总在一起玩，十分要好，但是佳碧今天很生弗朗兹的气，因为昨天弗朗兹和她吵架了。让佳碧最无法接受的是，弗朗兹竟然向她吐口水！佳碧愤怒至极，发誓再也不理弗朗兹了。他们这次吵架的导火索，说出来笑死人了，仅仅是因为他们俩在玩"我不捉弄你"的游戏时，佳碧连赢了弗朗兹五次，弗朗兹无法接受这样一个结局。

那个男孩向佳碧招了招手。

"喂，你过来一下！"他喊道。

佳碧放下空垃圾桶，向他们走过来。

"什么事？"佳碧问那个男孩，她看也不看弗朗兹。

男孩指了指弗朗兹，问道："她说她是男孩。真的假的？"

树叶的香味

佳碧这才看了一眼弗朗兹。弗朗兹挺起胸膛。佳碧不像那些糊涂的男孩子，她当然知道弗朗兹是一个多么棒的男孩子。弗朗兹对此很有把握，他早忘记了昨天和佳碧吵架的事情了。佳碧微微一笑。不知为什么，弗朗兹觉得佳碧的笑显得别有用心。

佳碧幸灾乐祸地说："啊，什么！胡说八道！弗朗西斯卡，你又在撒谎了。"

接着，她又转向那个男孩，说："她总是爱说她是一个男孩！"

然后，佳碧转过身，拿上垃圾桶，飞也似的跑回楼里。回到家，她咯咯地笑个不停。

"你这个无赖！"弗朗兹气急败坏地大骂佳碧，"你，你是一个浑蛋，你！"弗朗兹太激动了，以至于声音变得非常尖细。

"嘿！"男孩说，"不能这么粗野地骂人！女孩子更不能这样！"

"她说的是谎话。"弗朗兹尖叫起来，"真的！那都是因为我们昨天吵架了。她这完全是报复！"这时，弗朗兹才想起昨天和佳碧吵架的事情。

男孩摇摇头，用食指敲敲自己的脑门，说："你可别把我当傻瓜！"

"你要相信我！"弗朗兹尖声恳求道。

男孩把手插到裤兜里，叹了口气，说："我觉得你简直是太蠢了，这又何苦呢？"

男孩嘴里嘟囔着，转身从弗朗兹身边走开了。

弗朗兹愤怒地把两只手攥成两个拳头，像一个拳击手似的站在那儿，狂怒地瞪着他。

"你再不相信我，小心我狠狠地揍你一顿！"他尖叫着。

男孩连身子都没转过来，不屑地说："我才不会和小姑娘打架呢！我可不会做这种事情！"

闻听此言，弗朗兹无助地垂下了拳头，伤心地大哭起来。眼泪从他眼中喷涌而出，两行泪珠从他那粉红色的娇嫩的脸颊上滚落下来，就像断了线的珠子。

男孩惊讶地转过身来。

"唉，老天！"他叫道，"为什么你们女孩子总是说哭就哭？"

现在，弗朗兹更加百口莫辩。看来只剩下最后一个办法证明自己是个男孩了。他毅然决然地解开裤子，把裤子褪下来，然后把内裤也拉了下来，拉到膝盖处。

"这儿，看！"弗朗兹理直气壮地大喊起来，此时此刻，他的声音一点儿也不尖了，"你现在终于相信我了吧？"

男孩目瞪口呆地盯着弗朗兹。他想要说点儿什么，可是什么也说不出来。

就在这时候，一直在窗子后面微笑地看着两个男孩玩的贝尔格太太一阵风似的冲到院子里，闪电般地奔到弗朗兹面前，冲他怒吼道："你这个小野猪！你一点儿都不觉得害臊（sào）吗？"

她一把拽（zhuài）起弗朗兹的内裤，紧接着提起他的裤子。贝尔格太太怒气冲冲地揪起弗朗兹的衬衣领子，把他拖进楼里，拖上楼梯，一直拖到他家门口，把弗朗兹家的门铃摁得震天响。

妈妈急忙跑过来开门。

贝尔格太太愤怒地叫道："您再也不要让这只小野猪去下面撒野了！这个小子会把所有懂规矩的孩子带坏的！"

贝尔格太太松开弗朗兹的衣领子，弗朗兹踉（liàng）踉跄（qiàng）跄地跌进客厅。贝尔格太太这才在弗朗兹妈妈的道歉声中生气地下了楼。

从那以后，贝尔格太太再也不正眼瞧弗朗兹了。虽然弗朗兹还是每次都很有礼貌地向贝尔格太太问好，她却视若无睹。

弗朗兹对妈妈抱怨说，他认为贝尔格太太对他太不公平了，他又没做错什么。

妈妈说："这当然了。弗朗兹，我已经告诫过你，贝尔格家族是很挑剔的！"

现在，弗朗兹已经知道这两个词是什么意思了。

他想：挑剔的家族就是不愿意让真相露出来！

弗朗兹对什么不满

弗朗兹对爸爸妈妈几乎是百分之百满意的。

只有在一件事情上，弗朗兹对他们有很多抱怨，那就是看电视的问题。

一提到看电视，弗朗兹就不由得要生他们两个人的气！因为他们俩是坚决的反电视派，所以弗朗兹家里既不接有线电视，也不安装卫星接收器，弗朗兹在家里只能看到三个台。

他经常对妈妈说："我们班上除我以外的所有孩子的家里都有有线电视，即使没有有线电视，起码也有卫星接收器。他们能看到二十套节目，可是我看来看去就那三个台！因为这个原因，我总是显得很傻。"

弗朗兹之所以觉得自己像一个傻瓜，是因为班上的孩子经常会在一起议论电影，这些电影都是他们从电视里看到的，而这些电影弗朗兹根本就看不到，自然对他们所说的也就一无所知了，更无从谈起参与他们的讨论了。

让弗朗兹倍感烦恼的是，类似的讨论经常发生，孩子们经常自发举办这样的小型"研讨会"，而且还会延续很长时间，所以弗朗兹不得不经常性地、长时间地闭着嘴巴，就像一个傻瓜。

埃博哈德甚至还问过他，是不是他父母太穷了，以至于他家安装不起卫星接收器和有线电视，或者他们是那种反对电视的老古董。

弗朗兹可不喜欢别人认为爸爸妈妈穷或者是老古董，但是他更不喜欢其他人在讨论的时候，他不得不闭上嘴，像一个一无所知的傻瓜那样。

这会儿，孩子们又展开了一次讨论，这次讨论的主题已经持续了两个星期了，是关于一部电视连续剧。这部电视连续剧讲一个侦探带着他的狗伙伴四处破案的故事。这只狗是那么聪明，它只要嗅一嗅，就能够把真正的罪犯嗅出来。

有一部分孩子觉得这部电视连续剧棒极了，而另外一部分孩子却说，这部电视连续剧太没意思了，因为世界上不可能有这样一条狗。

弗朗兹仍然像以往一样，只是沉默地坐在旁边。

"你觉得呢？"亚历山大问他。

弗朗兹不想再说一遍，他在家里看不到这部电视连续剧。于是他说："我没看这个，我看了其他电视剧。"（实际上，每天在这部电视连续剧播出的时间里，他都和妈妈在玩"找帽子"的游戏。）

"什么？"亚历山大问。

"另外一部电视连续剧。"弗朗兹说。

"什么片子？"玛蒂娜问。

"一个……关于宇航员的……关于另外一个星球……这个外星球来的宇航员降落到我们星球上……他的宇宙飞船坏了……"弗朗兹断断续续地说。

"在哪个台？"马可斯问。

"卫星六台！"弗朗兹说。这时，他的声音已经有点儿尖了。

"卫星六台？"玛蒂娜、马可斯和亚历山大都用食指敲敲自己的脑门，异口同声地说，"根本就没有卫星六台！"

弗朗兹想：骗局既然已经开始了，就不得不坚持下去！

于是他尖声说："当然有卫星六台！它要用专门的天线才能接收到，这天线是我爸爸做的！"

现在，不光是玛蒂娜、亚历山大、马可斯不相信他，看起来，全班的孩子没有一个人相信他。

彼得说："弗朗兹的爸爸能做天线？那我爸爸必须先给他爸爸身上安一个冬天用的防滑轮胎，以免他爸爸在房顶上滑倒。"

这时候，埃博哈德过来给弗朗兹帮忙了。他总是会在关键时刻挺身而出。

他喊道："他爸爸当然会做天线。我还见过这个天线呢，棒极了！有一个汤盆那么大，装在屋顶上。不过，播放这套节目的卫星正处于试用阶段。"

接着，他还补充说："或许两年以后你们也能看到卫星六台了。"

这下子，孩子们全都信服了。他们当然想不到，埃博哈德会帮着弗朗兹撒谎。

从此以后，弗朗兹每天在学校里都要为大家讲，卫星六台播放的这部关于宇宙飞船的电视连续剧里发生了什么。

第一天，他给孩子们讲故事的时候声音还尖尖的。他讲道："这个宇航员在森林里为自己建造了一栋木房子。天气特别寒冷，因为在这部电视连续剧里时间是十一月。尽管很冷，宇航员却很喜欢下雪。因为在高莫星球，就是他的家乡，是没有雪的，在那里只会下紫色的、温热的雨。"

第二天，弗朗兹说话的声音几乎一点儿都不尖了。他对大家讲："有两个男孩发现了这个宇航员，但是他们两个听不懂宇航员说的话。于是宇航员从宇宙飞船中取出一个'宇宙语翻译器'。这个翻译器把高莫星球宇航员说的话翻译成德语，又把两个男孩的话翻译成高莫语。他们两个想尽快帮这个高莫人修好宇宙飞船，因为这个可怜的宇航员饱受思乡之苦。"

　　就这样，弗朗兹每天都给大家编故事。

　　第三天，他讲到被修好的宇宙飞船还是没法起飞，因为缺少起飞的动力。他还讲到一天又一天过去了，这个可怜的宇航员变得越来越虚弱，因为他带来的食物已经吃完了，那些储存的食物是一些药丸和牙膏管里的软膏。可他要是吃这两个男孩拿给他的食物，就会拉肚子。

　　第四天，他讲道："一个男孩给宇航员拿来了他妈妈烤制的肉桂糕。好极了！吃这种做成星星形状的肉桂糕，宇航员倒不拉肚子了。于是，这个男孩把家里所有的星星肉桂糕都偷出来了，送给宇航员吃。这些肉桂糕本来是他妈妈为圣诞节准备的。他妈妈发现家里的肉桂糕都丢了，认为有小偷，就把这件事情报告了警察……"

　　每天要想出一个关于宇航员的新故事，对弗朗兹来说，倒不是什么难事，反而让他觉得很愉快，因为编故事恰好是他的专长。

　　另外，当全班所有的人都认真地听他一个人讲故事的时候，他感觉自己特别有权威。从小到大，小个子的弗朗兹还从来没有过这样的经历。现在，他可以尽情地享受这种特别好的感觉。

　　可是，事情的发展似乎有点儿不对头，孩子们对卫星六台变得越来越好奇。他们不仅想听弗朗兹讲，还想亲眼看这部电视连续剧。

　　"我们今天下午能不能去你家呢？"他们恳求弗朗兹。

　　弗朗兹的声音一下子变得非常尖细，他说："那不行！我妈妈要工作，不喜欢陌生的小孩来我家。"

　　即使这样，还是有几个孩子没有放弃他们的想法。

　　"只看半个小时！这部电视连续剧太精彩了！"他们固执地央求着，"只看半个小时，然后我们立即就走。你妈妈根本就不会发现我们去过你家。"这下子，弗朗兹陷入窘（jiǒng）境了，他不知该如何是好。

埃博哈德注意到弗朗兹的窘态。他粗鲁地挥挥手，把围在弗朗兹旁边的孩子们赶走了，还大吼道："你们别烦他了！你们不认识他妈妈，他妈妈是只母老虎。如果她是你们的妈妈，那你们肯定也不敢去做她禁止做的事情。"

埃博哈德怎么能这样评论妈妈？弗朗兹觉得心里很不舒服，亲爱的妈妈不应该受到这样的评论，而且她从来没有禁止过弗朗兹邀请同学到家里来，她更不是一只母老虎！班里的同学中，如果谁有这样一位可爱的妈妈，一定也会和弗朗兹一样感到特别幸福的。

从弗朗兹开始在学校里讲高莫宇航员的故事以来，时间已经过去整整一个星期了。

这天下午，弗朗兹待在家里写家庭作业。爸爸妈妈还在单位上班，约瑟夫去游泳了，只有佐克尔夫人在他家。她每周到弗朗兹家来两次，帮弗朗兹家打扫卫生。

弗朗兹不喜欢与佐克尔夫人单独在一起。

她总是希望整座房子像三天以前她离开的时候一样干净，这显然是不可能的。希望落空之后，她总是会把一肚子怨气发在弗朗兹身上，责备他这也不对，那也不对：浴室的镜子上留下了脏手印，地板上有铅笔屑，厨房里的瓷砖上有胶鞋印……

可是老天作证，这些真的都是约瑟夫干的。他总是爱用手摸镜子，在纸篓旁边削铅笔，穿着胶鞋踩厨房里的瓷砖……只是佐克尔夫人来的时候，他已经出去了。无辜的弗朗兹不得不忍受这些接连不断的斥责。

弗朗兹把自己小心翼翼地藏在写字台后面，像一只小老鼠一样。他希望这样子或许能让佐克尔夫人忘记他的存在。

弗朗兹就这样蜷（quán）缩着躲在写字台后面，这时候，门铃响了。约瑟夫总是忘记带钥匙，所以弗朗兹想一定是约瑟夫。

他现在就回来了，太好了！佐克尔夫人的怒火就会喷向真正的罪犯！

弗朗兹急忙跑过去，打开门。

出人意料，门外站的不是他哥哥，而是马可斯、玛蒂娜和亚历山大！

他们从弗朗兹身边一拥而进，挤到过道里。

玛蒂娜说："我们在游泳池碰见你哥哥了，他说我们搞错了，你妈妈从来不反对我们到你家玩。"说着，她顺手把一包巧克力香蕉塞给弗朗兹。

马可斯指指客厅的门，说："你家的电视是不是在那儿？"

弗朗兹呆若木鸡地站在那儿，一个字也说不出来了。他的脑子里一些乱七八糟的主意急速地翻着跟头：就说保险丝断了，我家没电；要不骗他们说我爸爸得了猩红热，因为怕传染，所以不允许任何人进这座房子；或者说要看卫星六台得有一个特别的密码，我妈妈拿走了；要么直接装作晕倒，大声地呻吟，让他们以为我得了重病，就会只顾着照顾我，而忘了高莫连续剧；或者干脆离家出走，躲到佳碧家去，等他们走了再回来……

后来他静下心一想，发现所有的办法都行不通。最后一个更是绝对不行，他明天到学校里，怎么解释他为什么逃跑呢？就在弗朗兹做出最后的决定之前，他们三个已经跑进了客厅。

这时，弗朗兹听到佐克尔夫人雷鸣般的声音。

她用她那超高分贝的尖嗓子破口大骂："我打扫卫生的时候，不准你们这些捣蛋鬼待在这儿，都滚出去！我要铺地毯了，快点儿！快点儿！快！快！"

一眨眼的工夫，马可斯、玛蒂娜和亚历山大又跌跌撞撞地退了出来，一个个都惊慌失措。

他们像一阵风一样从一直僵立在那儿的弗朗兹身旁跑过。玛蒂娜边跑边喊："对不起，弗朗兹！"

马可斯喊道："我们没想给你制造麻烦！"

亚历山大喊道："为什么你哥哥不承认你妈妈是只母老虎？"

然后，他们三个一溜烟跑了出去，砰的一声关上了门。

弗朗兹浑身一软，靠在墙上，一下子如释重负，深深地吸了一口气。

第二天在学校里，弗朗兹给同学们讲了高莫连续剧的第八集，也就是最后一集。

在这一集里，宇航员终于能够回家了，两个男孩也想和他一起走。他们计划好在午夜的时候偷偷溜出家。可是，一个男孩只走到花园的门口。那里埋伏着警察，他们准备抓偷肉桂糕的小偷，结果把他抓个正着，送到了他父母那儿。另一个男孩一直在他们碰面的地点等呀等，没有等到他的朋友，他也不愿意去太空旅行了。就这样，高莫宇航员独自起飞了。

在结尾的时候，弗朗兹还说，在宇航员离开之前，他许诺会回来看他们的，但是那要等到两年以后了，因此，在之后的两年里肯定没有新的故事了。

携手阅读

弗朗兹才六岁，就独自面对和处理了人生的两个大问题，而他处理问题的方式，既表现出儿童特有的天真与直率，也显示了童年旺盛的创造力和想象力。如果说在《弗朗兹如何证明自己》的故事中，我们会为弗朗兹天真而理直气壮的举动发出会心的微笑，那么在弗朗兹维护自己"电视尊严"的行动中，那尽管被约束和限制着，却仍然要汩汩流淌出来的童年的智慧和创造力，则让我们在微笑的同时，也被深深地感动和鼓舞着。

［法国］
勒内·戈西尼① 著
戴捷 译

小淘气尼古拉

科豆有了眼镜

科豆有了眼镜！今天早上科豆到学校的时候，我们觉得特奇怪，因为他脸上居然多了一副眼镜！科豆是个好哥们儿，在班上总是考倒数第一，大概是因为这个，他们才给他配了副眼镜。

科豆跟我们解释说："大夫说了，我是班上最后一名，可能是因为我看不清黑板上的字儿。他们就带我去了眼镜店。眼镜店的先生用一台机器给我看眼睛，一点儿也不疼。他还让我念好多字母，没一个是有用的字。然后就给了我这副眼镜。现在好啦！乓！我可不当倒数第一了！"

这眼镜的说法，挺让我吃惊的，因为如果科豆在课堂上看不见，那是因为他老睡觉。也没准儿，戴了眼镜他就没法儿睡了，而且班上的第一名阿蔫（niān）是唯一戴眼镜的，就因为这个我们不能随便打他的脸，得瞧准机会。

阿蔫见了科豆戴眼镜可不高兴了。他是班主任的宝贝儿，老

---
①勒内·戈西尼（1926—1977），法国儿童文学作家。

是怕别人抢了他的位置。我们可是特想让科豆当第一，他是咱们的好哥们儿。

"你看见我的眼镜了吗？"科豆问阿蕉，"现在，我要当第一名了。老师会叫我去拿地图、擦黑板什么的！噢，噢，第一名！"

"不对，先生，不对！"第一名阿蕉说，"第一名是我！而且你没权利戴眼镜上学！"

"我就有权利，没的说！"科豆回嘴，"你不再是班里唯一的臭宝贝儿了！噢，噢，第一名！"

这时，鲁飞说："我也让我爸给我买副眼镜去，我也要当第一名！"

乔方嚷（rāng）嚷（rang）起来："咱们都让爸爸买眼镜，都当第一名，都当好宝贝儿！"

这一下，事情闹大了，阿蕉又叫又哭，他说这是作弊，别人没权利当第一名。他要告诉老师说没人喜欢他，他很不幸，他要自杀。这时沸汤跑过来了。沸汤是我们的学监，我改天再告诉你我们为什么这样叫他。

他跑过来问："出了什么事？阿蕉，你哭什么？看着我的眼睛回答我！"

阿蕉一边使劲抽泣，一边说："他……他们都想戴眼镜！"

沸汤看看阿蕉，又看看我们，用手搓了搓嘴，然后说：

"你们都看着我的眼睛！我不想知道你们的事儿，我只告诉你们，如果我再听到你们闹，可就要惩罚你们了。阿蔫，去，憋（biē）口气，喝杯水。其他人听着：不听话，你们自己会倒霉。"

然后，他带着阿蔫走了，阿蔫还在抽泣。

我对科豆说："哎（āi）！我们上黑板前回答问题的时候，你把眼镜借给我们吧？"

麦星星说："对了，还有考试的时候！"

科豆说："考试的时候我也需要戴眼镜，因为如果我不是第一名，我爸准知道我没戴眼镜，那就不好办了，他不喜欢我把东西借给别人。提问的时候倒可以考虑。"

科豆可真是我们的难兄难弟。我让他先借给我试戴一下，可我真不知道他怎么才能凭这个拿第一名，因为戴上他的眼镜，看什么都是歪的，看脚的时候，好像它们就在眼前。然后，我把眼镜给乔方，又传给鲁飞，再给若奇，又扔给欧多——他戴上眼镜假装对眼，逗得我们哈哈大笑了一阵。最后亚三想拿过去，结果出了麻烦。

科豆对他说："不给你！你手上尽是黄油，都是你吃的黄油面包，别弄脏了我的眼镜。而且如果你戴上也看不见，就别戴。而且你知道擦眼镜多辛苦吗？而且假如我爸知道因为你这个傻瓜满手的黄油弄脏了眼镜，我又成了最后一名，就该不让我看电视了！"

然后科豆又戴上了眼镜。亚三不高兴了：

"你想吃我沾满黄油的大拳头吗？"他问科豆。

"你不能打我的脸，因为我戴着眼镜。噢，噢，第一名！"

"那好，你把它摘下来。"亚三说。

"那可不行，先生。"科豆说。

亚三说："哈，你们这些第一名都一样，都是胆小鬼！"

科豆气咻（xiū）咻地叫起来："我是胆小鬼？"

　　"对啦！因为你戴眼镜！"亚三也冲他叫了起来。

　　科豆摘掉眼镜说："那好，咱们看看到底谁是胆小鬼！"

　　两个人都特别愤怒，他们还没来得及打起来，沸汤就赶到了。

　　"又出了什么事？"他问。

　　亚三说："他不想让我戴眼镜！"

　　科豆说："他呢，他想在我的眼镜上抹黄油！"

　　沸汤把手放在拉长了的脸上，我们都知道，他这么做的时候可不是好玩儿的。

　　"你们两个都看着我的眼睛！我不知道你们又搞什么把戏，可我不想再听到眼镜的事儿了！明天，你们给我用直陈式的所有时态作这个句子的动词变位①：'我不该在课间说蠢话，不该捣乱，不该给学监先生添麻烦。'"

　　然后，他去打铃上课了。

　　排队的时候，科豆说等亚三手干净了，他还是挺想把眼镜借给他的。科豆可真够意思。

　　上地理课的时候，科豆把眼镜借给亚三了。亚三把手在身上好好地擦了几下才接过来戴上。可他太没运气了，没看见老师刚好就站在他旁边。

　　"别出洋相，亚三！"老师吼他，"而且不要对眼！如果这时候有过堂风，你的眼睛可能就永远改不回来了！现在，你给我

①法语中所有的动词在不同的时态和语态之下都要进行变位，这便是法国小学生语法学习的主要内容，也成为老师惩罚学生的主要手段。

出去！”

就这样，亚三戴着眼镜出去了，并且差点儿撞到门上。然后，老师叫科豆到黑板前去回答问题。

唉，明摆着的事，不戴眼镜没法成功，科豆又得了零分。

我们在电台里说话了

今天早上，老师在班里对我们说："孩子们，我有个好消息要告诉你们，为了配合对小学生做的一个普及调查，要有电台的记者来采访你们了。"

我们都没说话，因为我们没听明白，除了阿蔫，对他来说，听懂这个一点儿也不困难，他是班上的第一名、老师的乖宝贝儿。然后，老师解释说就是电台里的人要来问我们一些问题，他们要采访城里所有的学校，今天轮到我们了。

"我希望你们要听话，回答要机智。"老师说。

我们一听说要在电台里说话，就都很兴奋。老师用戒尺敲了好几次讲台，才让我们安静下来继续上语法课。

然后，教室的门开了，校长和两位先生走了进来，其中一人手里提着一个箱子。

老师说："起立！"

"请坐！"校长说，"孩子们，接待电台记者对我们学校来说是个很大的荣誉，由于有了马可尼①的天才发明，电波才能够把你们的声音传到千家万户。我肯定你们也是很珍惜这次机会的，你们要有责任感。另外，我得事先告诉你们，要是谁不严肃认真，我就会处罚谁。现在，请这位先生来解释一下他要让你们

①马可尼，意大利物理学家，是他发明了无线电通信。

做什么。"

　　然后，一位先生跟我们说，他要向我们提一些问题，比如我们喜欢做什么，读什么书和在学校学什么等等。然后他拿起一个仪器说："这是话筒，你们就对着它说话，说得要清楚，不要害怕。今天晚上八点整，你们在电台里可以听到自己说的话，因为我们会把你们的话录下来。"

　　然后，他转向另一位先生，他正把箱子放到老师的讲台上打开。箱子里有些仪器，他把一个什么玩意儿戴到耳朵上听，就好像我在电影里看到的那个在听广播的飞机驾驶员，但这个飞机驾驶员听的那个电台不管用，里面有很多噪音，他们找不到要去的城市，后来就掉进水里了。那电影真是帅极了！第一位先生对耳朵上戴着那个玩意儿的人说：

　　"皮罗，我们可以开始了吗？"

　　"好嘞（lei），"皮罗先生说，"来试试说话声。"

　　"一、二、三、四、五。怎么样？"第一位先生问。

　　皮罗先生说："可以了，其其。"

　　"好，"其其先生说，"谁先说？"

　　"我！我！我！"我们都叫起来。

　　其其先生笑着说："我看得出来有好多自愿者，还是让你们老师点名吧！"

　　不用说，老师说先问阿蔫，因为他是第一名。她对乖宝贝儿总是这样。咳（hāi）！真是的！

　　阿蔫到了其其先生跟前。其其先生把话筒放在他面前，可阿蔫的脸白极了。

　　"好，你能不能告诉我你的名字，小家伙？"其其先生问他。

　　阿蔫张开嘴，什么也没说。其其先生说：

　　"你叫阿蔫，是不是？"

阿蔫点点头。

其其先生说："好像你是全班第一名。我们想知道的是，你最喜欢玩儿的是什么，最喜欢玩儿什么游戏……来，说吧！别害怕。咦，怎么回事？"

阿蔫哭了起来，然后他就不舒服了，老师只好赶快把他带出去。

其其先生擦了擦脑门，看了一下皮罗先生，然后问我们：

"你们当中有没有不害怕对着话筒说话的？"

"我！我！我！"我们都争先恐后地叫起来。

"好，"其其先生说，"那位小胖子，你过来，就这样……好，我们开始了……你叫什么名字，小家伙？"

"亚三。"亚三说。

"亚吃？"其其先生惊奇地问。

校长对亚三说："亚三，你能不能给我把嘴里的东西拿出来再说话？"

"嗯，"亚三说，"他叫我的时候，我在吃羊角面包①。"

"羊……什么？你竟然在课堂上吃东西？"校长吼了起来，

———————
①羊角面包：法国人最喜欢吃的一种面包，由面粉加黄油等配料烤制成羊角或月牙形。

"好极了，去站墙角！等会儿再处理你的事，把你的羊角面包放在桌子上！"

亚三叹了一大口气，把羊角面包放在老师的讲台上，就去站墙角，然后又从裤兜里掏出一片黄油面包吃起来。其其先生正在用袖口擦话筒。

校长对他说："请原谅他们，他们年龄太小了，有点儿管不住自己。"

"噢，我们已经习惯了。"其其先生笑着说，"我们上一次采访的是闹罢工的码头工人。是吧，皮罗？"

"精彩极了。"皮罗说。

然后其其先生把欧多叫了上去。

"你叫什么名字，小家伙？"他问。

"欧多！"欧多使劲儿叫，皮罗先生不得不摘掉他耳朵上那玩意儿。

"别大声喊！"其其先生说，"发明电台的意义就是，不用大声说话就能在很远的地方听得见。好，我们重新开始。你叫什么名字，小家伙？"

"嗯，欧多。我已经告诉你了。"欧多说。

"不行，"其其先生说，"你不能说你已经告诉过我了。我问你的名字，你说就是了。好了吗，皮罗？好，我们重新开始……你叫什么名字，小家伙？"

"欧多。"欧多说。

"早知道了。"乔方说。

"出去，乔方！"校长说。

"安静！"其其突然使劲儿吼了一下。

"哎，我说，你大叫之前，言语一声！"皮罗说，他又摘掉了耳朵上那玩意儿。其其先生把手放在眼睛上。过了一会儿，他拿开手，问欧多最喜欢玩儿什么。

"我特喜欢踢足球，"欧多说，"比他们踢得都好。"

"净瞎掰（bāi）①。"我说，"昨天你当守门员，结果我们给你灌进去多少？"

"没错。"科豆说。

"鲁飞吹了越位！"欧多说。

"他是吹了，"麦星星说，"可他是你们一伙儿的。我早说过，球员就不该同时当裁判，就算是他吹的，又怎么样？"

"你想吃我一拳，是不是？"欧多问。然后，校长给了他星期四留校的处分。

然后，其其先生说都在盒子里了，皮罗先生就收起了箱子，他们就一起走了。

晚上八点钟，除了我爸我妈，家里还有贝杜太太和先生、我们的邻居古拉太太和先生，还有跟我爸在一个办公室里工作的巴里先生，还有小叔叔欧今，他们都围在电台旁边听我说话。姥姥知道得太晚了，没法儿来，不过她在家里和她的朋友们一起听。我爸特得意，他还把手伸到我的头发里，嘿嘿地笑。大家都很高兴。

可不知道出了什么事儿，八点钟时电台里只有音乐。

我真替其其先生和皮罗先生难过，他们肯定特失望！

（以上两则故事选自中国少年儿童出版社出版的《小淘气尼古拉的故事⑤·小尼古拉和他的伙伴们》，2005年4月出版。）

---

①瞎掰：瞎扯。

牵手阅读

　　我们完全可以把这两则尼古拉的故事只当作纯粹的淘气故事来读，那么我们就可以收获一大满怀结结实实的欢笑。但如果我们愿意，也可以很容易地从故事中同时读出对于成人世界的一些看似漫不经心，却深刻而准确的嘲讽与批评。科豆的眼镜和电台的采访既是两场闹剧的导火索，也让我们透过闹剧，隐约看到了一个折射出来的成人世界。然而故事本身并没有费心向我们作任何解释和评判，它只是沉浸在自己所编织的童年事件中。这么一来，所有埋在深处的东西，丝毫也没有影响童年自身的呈现。我们所读到的，仍然是一个为了自己而不是别的缘故存在着的精力过剩的童年，但那埋在深处的东西，即便在我们毫无察觉的情况下，也能够把所有淘气故事的基底，变得厚实和耐人寻味起来。

埃米尔怎么把头卡在汤罐子里

[瑞典]
阿·林格伦① 著
高锋 时红 译

那天卡特侯尔特庄园晚餐时喝肉汤。李娜把肉汤全都盛到一个装汤用的花瓷罐子里。大家都坐在厨房里围着桌子喝汤，特别是埃米尔，他喜欢喝汤而且喝得啧（zé）啧作响。

"你非得啧啧地响不可吗？"妈妈问道。

"要不人家怎么知道是喝汤呢？"埃米尔回答说。不过，实际上他是这么说的："要不人家怎么晓得是哈糖（喝汤）呀？"这是斯毛兰省方言，我们先不去管它。

大家都在使劲喝，直喝到肚子都发胀了，罐子也空了。只是在罐子底还剩下一小汪汪汤，这一小点埃米尔还想喝。现在唯一能喝到这一小点汤的办法是把头伸进罐子里用舌头去舔，他真这么做了。从外面可以清楚地听到他咂汤的声响。可当他喝完后要把头抽回来时，你说怪不怪，罐子竟拔不下来了，卡住了。这下，埃米尔害怕了，他从桌子旁边跳开，站在那里。汤罐子像一

① 阿·林格伦（1907—2002），女，瑞典儿童文学作家，1958年国际安徒生奖获得者。

个小桶似的扣在他的头上，把眼睛、耳朵都装在里面。埃米尔抓着罐沿儿挣扎、叫喊。李娜也害怕起来。"我们漂亮的汤罐子，"她说，"我们漂亮的花瓷罐子！现在我们用什么去盛汤啊？"

当埃米尔的头还在汤罐子里的时候，当然没法子拿它去盛汤。尽管她不太聪明，这件事她还是看出来了。

但是埃米尔的妈妈想得更多的是埃米尔。

"亲爱的心肝呀，我们怎么才能把你弄出来呀？我去拿烧火钩子把罐子敲碎算了！"

"你疯了？"埃米尔的爸爸说，"这是花四克朗①买的！"

"让我来试试。"阿尔佛莱德说。他是一个既强壮又能干的长工。他抓住罐子两边的把手用力向上一提，但是这有什么用呢？埃米尔也给带起来了，因为他确确实实给卡住了。他吊在半空中，两腿乱蹬（dēng），挣扎着要下来。

"放开……把我放下来……放开，我说了放开！"他喊道。这样，阿尔佛莱德只好放下了他。

这时，人人都真的难过起来。他们站在那里，围着埃米尔使劲想办法。有爸爸安唐、妈妈阿尔玛、小伊达、阿尔佛莱德和李娜，可谁也想不出能把埃米尔从罐子里弄出来的好办法。

"看，埃米尔哭呢！"小伊达指着从罐子沿儿底下滚下来、正顺着埃米尔腮帮子往下流的泪珠子说。

"我根本没哭！"埃米尔说，"那是肉汤。"

听起来，他还是那么倔犟，就像往常一样。但是把头卡在汤罐里也不是什么特别有趣的事。而且，要是永远拔不出来，可怜的埃米尔，什么时候他才能再戴上他的"麻子"呢？

埃米尔妈妈是这么疼爱她的小儿子，她又想去拿烧火钩子来敲破罐子，但是埃米尔的爸爸说：

---

①克朗和后面提到的奥尔都是瑞典的货币单位，1克朗相当于100奥尔。

"这辈子都别想！罐子值四个克朗呢！最好我们去马里安奈龙德镇找大夫，他可能能把它拿掉。他一次不过收三个克朗的费用，这样我们还可以赚一个克朗。"

埃米尔的妈妈觉得这是个好主意，并不是每天人们都能赚一克朗的。用这一克朗能买不少好东西，例如给待在家里的小伊达买点什么。

这时，卡特侯尔特庄园的人忙了起来。埃米尔必须打扮一下，必须给他洗洗并换上最好的衣服。梳头是办不到了，洗耳朵也行不通，尽管确有必要。他妈妈试着把食指从汤罐沿儿底下伸进去，给他抠（kōu）抠耳朵，结果糟透了，她的手指头也被卡在里头了。

"咳咳，这下子……"小伊达说。爸爸可真气坏了，尽管平时他是挺和善的。

"还有什么别的没塞到罐子里去的吗？"他暴跳如雷地喊，"尽管塞好了，那样我可以用大干草车把整个庄园运到马里安奈龙德去。"

好在埃米尔的妈妈狠命一拽，手指头又拔出来了。

"你的耳朵不用洗了，埃米尔。"她一面说，一面朝手指头上吹气。这时从罐子沿儿底下露出了一个满意的微笑，埃米尔说：

"这是汤罐子给我的第一个真正的用处。"

阿尔佛莱德把马车驾到台阶前面。埃米尔走出门来爬上车。他穿着那套带条纹的礼拜日服，黑色带扣皮鞋，看上去挺合适的。他头上戴着的汤罐子，样子虽不太常见，但是因为罐子上面有花，也挺漂亮的，戴在头上就像戴着一顶新流行起来的夏天的帽子似的。美中不足的是它太大了，把埃米尔的眼睛都给盖住了。

就这样，他们上路去马里安奈龙德镇了。

"我们不在家，仔细看着小伊达点！"埃米尔的妈妈喊道。

她和爸爸坐在前排，后排坐着戴着汤罐子的埃米尔，座位边上摆着他的帽子。当他回来时，他的头上得戴点东西，这孩子就有这么好的记性。

"晚上我做什么饭啊？"李娜趁车子刚刚启动时追问道。"随你的便好了，"埃米尔的妈妈喊道，"我还有别的事要考虑呢。"

"那我烧肉汤吃。"李娜说。就在这一刹那，她看到一个瓷罐在大路转弯的地方一晃就消失了，她才想起刚才发生的事情。她转过身来对阿尔佛莱德和伊达难过地说：

"恐怕只能吃黑麦面糕加猪肉了。"

埃米尔已经去过好几次马里安奈龙德了。他喜欢高高地坐在马车上观赏弯弯曲曲的小路、道旁的庄园、在庄园里住的小孩、在围墙边上狂吠的狗，以及在草地上吃草的马群和奶牛等。而现在，在这有趣的时刻，他却坐在那里被罐子盖住了双眼，只能从罐子沿儿边上的小缝中看到一点点自己的黑皮鞋。一路上，他不得不老问爸爸："我们到什么地方了？已经到'大饼地'了吗？快到'小猪点'了吗？"

埃米尔给路旁的庄园都起了名字。"大饼地"是因为有一次埃米尔从那里路过时，两个小胖孩儿站在栅门旁吃大饼；而"小猪点"是因为那个地方有一头可爱的小猪，埃米尔有时会去给它的背搔（sāo）搔痒。

现在他却闷闷不乐地坐在那里，眼睛只能瞅着自己脚上的皮鞋，既看不见大饼，也看不到可爱的小猪，难怪他不断地问：

"我们到什么地方了？还没到马里安奈龙德吗？"

当埃米尔戴着汤罐子走进医生家时，医生的候诊室里坐满了人。所有坐在那里的人看到埃米尔都立刻同情起他来，他们知道一定发生了不幸的事情。只有一个坏老头拼命大笑，好像卡在罐子里是什么有趣的事一样。

"哈哈哈，"老头笑道，"你的耳朵冷吗，小孩？"

"不。"埃米尔说。

"噢！那么，你戴这个奇妙的东西干什么？"老头问道。

"因为怕冻着耳朵。"埃米尔说。别看他小，他的俏皮话可真不少。

后来轮到埃米尔进去见医生了。医生并没有笑他，而是说：

"你好，你好！你在那里面干什么？"

埃米尔虽然看不见医生，但是他也得对医生表示问候呀，所以他戴着罐子尽最大努力深深地鞠了个躬。这时，只听见砰的一声，汤罐子落在地上摔成了两瓣儿。原来，埃米尔一使劲把头磕在医生的写字台上了。

"这下四克朗完了。"埃米尔的爸爸悄声对埃米尔的妈妈说，但是医生还是听见了。

"嗯，那么你们还赚了一克朗，"他说，"因为我一般收费五克朗，如果我把这孩子从汤罐里取出来的话。但是现在他自己把问题解决了。"

这下，埃米尔的爸爸变高兴了。他真感谢埃米尔把罐子碰破并赚了一克朗。他连忙拾起破罐子，拉着埃米尔和埃米尔的妈妈往外走去。当他们走到大街上时，埃米尔的妈妈说：

"你看，我们又赚了一克朗，我们用它来买什么？"

"什么也不买。"埃米尔的爸爸说，"我们把它存起来。不过应该给埃米尔五奥尔，让他把钱存到他的存钱小猪里。"

说着，他从钱包里拿出一枚五奥尔铜板，递给了埃米尔。你想，埃米尔有多高兴呀！

这样，他们便启程回勒奈贝尔亚了。埃米尔坐在后座上特别满意。他手里攥（zuàn）着那枚铜币，头上戴着他的"麻子"，看着路边的小孩、狗、马群、奶牛和小猪等。如果埃米尔现在是

一个普通的孩子，这一天可能就不会再发生什么事了，但是埃米尔不是一个普通的小孩。你猜，他又干什么了？他好好地坐在那里，把五奥尔铜币放在嘴里含着。正当他们的车走过"小猪点"时，从后座上轻轻地传来咕噜的一声，这个埃米尔竟把铜币咽下去了！

"啊呀，"埃米尔叫道，"它跑得这么快呀！"

这回埃米尔的妈妈又担心起来。

"亲爱的心肝啊，我们怎么把这五奥尔从你肚子里弄出来呀？我们只有回大夫那里去了。"

"好，你可真会算账，"埃米尔的爸爸说，"我们为了一个五奥尔去花五克朗？你上学时算术得几分？"

埃米尔倒不着急，他拍了下自己的肚子说：

"我可以自己当我的存钱小猪。那五奥尔在我肚里跟在存钱小猪肚里一样保险，因为从那里拿不出什么东西来。从前我用厨房里的刀试过，所以我知道。"

但是埃米尔的妈妈不让步，坚持要把埃米尔送回医生那里去。"那次他吞下了好多裤扣子，我都没说什么，"她提醒爸爸说，"但是五奥尔铜币要难消化得多，这次别出问题，听我的话吧！"

说着，她还真把埃米尔的爸爸吓唬住了。他立即掉转马头向马里安奈龙德奔去，因为埃米尔的爸爸也在为自己的儿子担忧。

他们喘着粗气一直跑进了医生诊室。

"你们忘了什么东西啦？"医生问道。

"没有。只是埃米尔吞下去了一枚五奥尔硬币，"埃米尔的爸爸说，"如果大夫给他开刀，只收四个克朗，或者……那五奥尔也可以留下。"

这时，埃米尔拽了拽爸爸的外套并悄悄地说道：

"别这样！那是我的五奥尔！"

医生自然不想收埃米尔的五奥尔硬币。"这用不着手术，"他说，"硬币几天后会自己出来的。"

"你可以吃五个白面包，"医生说，"这样那五奥尔硬币就有东西做伴，不会划破你的肠胃了。"

这是一个慈善的医生，这次他又没有收费。当埃米尔的爸爸和埃米尔以及埃米尔的妈妈走到大街上时，埃米尔的爸爸脸上露出了满意的笑容。

现在，埃米尔的妈妈想立刻去安德松小姐的家庭面包坊（fáng）给埃米尔买五个小面包。

"根本用不着。"埃米尔的爸爸说，"我们家有面包。"

埃米尔想了想。他特别善于想出这个或那个点子来，而且他也饿了，所以他说：

"我肚里有一个铜板。要是我能拿到它，我就自己去买小面包了。"

他想了想，接着说："爸爸，你能不能借我五奥尔用几天？我肯定还你，保证没问题。"

埃米尔的爸爸同意了。他们一起走到安德松小姐的家庭面包坊，给埃米尔买了五个非常好吃的小面包。面包烤得焦黄，上面还有一层糖。埃米尔立刻狼吞虎咽地吃了下去。

"这是我这辈子吃过的最好吃的药。"他说道。

这时，埃米尔的爸爸又高兴又激动，忽然头一阵发晕，一时不知道该做什么好了。

"我们今天真赚了不少钱！"爸爸说着毫不犹豫地给待在家里的小伊达买了五奥尔的薄荷糖。

注意，这事发生在孩子们也不管自己的牙是有还是没有的时候。那时的小孩们又傻又不懂事，他们只顾拼命吃糖。现在勒奈贝尔亚的孩子们不怎么敢吃糖了，所以他们的牙都长得特别好。

后来，大家回到了庄园。埃米尔的爸爸一进家门，顾不得脱衣摘帽就跑去粘汤罐子。这并不难，罐子只不过摔成了两瓣儿。李娜高兴地跳了起来，她对正在卸马车的阿尔佛莱德嚷嚷：

"现在卡特侯尔特庄园又可以喝肉汤了！"

李娜真是这样想的？是的，不过她可能已经把埃米尔给忘了。

那天晚上，埃米尔和小伊达玩得特别好。他给她在草地上的石头堆中盖了个小棚子，她特喜欢，所以每次他想要薄荷糖，只要轻轻地拽她一下就行了。

现在，天开始黑了，埃米尔和小伊达都想上床睡觉了。他们走进厨房，想看看妈妈是不是在那里。她不在，也没有别人，只有汤罐子放在桌子上，已经粘好了，特别漂亮。埃米尔和小伊达看着这个在外面旅行了一天的奇妙的罐子。

"你想想，一直跑到马里安奈龙德。"小伊达说，接着她问，"你是怎么弄的，埃米尔？怎么会把头伸进汤罐子里的？"

"这并不难，"埃米尔说，"我不过就这么一下……"

正在这时，埃米尔的妈妈走进厨房，她第一眼看到的就是埃米尔站在那里，头上戴着汤罐子。埃米尔挣扎着，小伊达在哭叫，埃米尔也在哭叫，因为这次他又卡在里头了，像上次一样卡得结结实实。

他妈妈立即抄起烧火钩子，对准罐子一敲，砰的一声巨响传遍了整个勒奈贝尔亚。汤罐子一下成了上千块碎片，像雨点一样落了埃米尔一身。

他的爸爸正在外面的羊圈里，听到响声立刻就跑来了。在厨房门旁，埃米尔的爸爸停了下来，默默地站在那里盯着埃米尔、碎瓷片和埃米尔妈妈手中的烧火钩子，然后一句话没说，转身就回羊圈去了。

不过两天以后，他从埃米尔那里得到了五奥尔，这对他仍然是个安慰。

　　好，现在你们知道埃米尔大概是什么样了吧？这是五月
二十二日星期二发生的汤罐子的故事。

　　　　如果一则故事能够让我们在阅读中把它的主人公
　　的名字和形象，快乐而长久地印在脑海里，那它一定
　　会是一则相当不错的故事。读完埃米尔的趣事，我们
　　记住了一个常常毫无恶意地淘气、多动、浑身上下都
　　充满着喜剧性的小男孩埃米尔。

树叶的香味

歌谣里的童年

在人类年纪还小的时候，歌谣就诞生了。它们从最普通的民间生活和最质朴的童年游戏中自然地生长起来，像一束束亲切的火焰，在童年世界里闪耀着小小的明亮的快乐。这些朴素、明快而又富于节奏和情味的儿歌，曾经点缀了无数代人的童年时光，也把无数代人已经逝去的童年，熨帖地保存在了它们快活的声韵中。朗读这些歌谣，你会发现，一阕歌谣就是一份漂亮的童年的请柬呢。

摇摇摇

摇摇摇，
摇到外婆桥，
外婆叫我好宝宝。
糖一包，果一包，
少吃滋味多，
多吃滋味少。

小樱桃

树叶的香味、

摇摇摇，
摇到石头桥。
石头桥，
一树小樱桃。
小樱桃，长得好，
红裙披绿袄（ǎo）。
小樱桃，你是谁？
你是我的小宝宝。

又会哭，又会笑

又会哭，又会笑，

三只黄狗来抬轿（jiào），

一抬抬到城隍庙，

城隍菩（pú）萨（sà）看见哈哈笑。

牵手阅读

　　许多童谣都起源于母亲或其他长辈与年幼的孩子之间的逗弄和嬉戏，而且常常有相应的动作和姿势配合吟唱。今天，我们已经很难准确地想象出这些动作和姿势，但是歌谣亲切的口吻、整齐的韵脚和日常化的内容，还是为我们的想象提供了有趣的指引。歌谣使用的都是一些最为平常的语言，不过每一位读者都会为摇曳于其中的温暖而感动吧。

炒蚕豆

炒蚕豆，

炒豌（wān）豆，

骨（gū）碌（lu）骨碌翻跟头。

一猫子

一猫子，

二猫子，

三猫子，

放出猫子捉耗子。

捉得到，

吃耗子，

捉不到，

饿肚子。

一个虎

一个虎，

一个豹，

一个按着一个跳。

一个毽踢八踢

一个毽踢八踢，

马兰开花二十一。

二五六，二五七，

二八，二九，三十一，

三五六，三五七，

三八，三九，四十一，

四五六，四五七，

四八，四九，五十一，

五五六，五五七，

五八，五九，六十一，

六五六，六五七，

六八，六九，七十一，

七五六，七五七，

七八，七九，八十一，

八五六，八五七，

八八，八九，九十一，

九五六，九五七，

九八，九九，一百一。

树叶的香味

上面的四首儿歌，每一首都代表着孩子之间的一种游戏。不管当时游戏的内容是什么，现在来读这些歌谣，一样能够感受到其中荡漾着的游戏的动感和快乐。小读者不妨问一问身边年长的人们，他们小的时候，是否曾经唱过这样的歌谣，玩过这样的游戏。再想想，你在学校和家里，在自己的游戏里，是否也有吟唱的歌谣。试着把它们也记下来。说不定有一天，它们也会成为许多人珍贵的童年纪念品呢。

金银花

金银花，十二朵，

大姨妈，来接我，

猪打柴，狗烧火，

猫儿煮饭笑死我。

羊

羊、羊、羊，

跳花墙。

花墙破，

驴推磨（mò），

猪挑柴，

狗弄火，

小猫儿上炕捏饽（bō）饽（bo）。

老鼠开门笑呵呵

天上星，

地下钉，

叮叮当当挂油瓶。

油瓶破，

两半个，

猪衔草，

狗牵磨，

猴子挑水井上坐，

鸡淘米，

猫烧锅，

老鼠开门笑呵呵。

亲子阅读

我猜，你会喜欢上这几首歌谣和歌谣里面描写的有趣的场景，而且所有这些歌谣都有着好玩的韵律，它们会很容易地进入你的记忆，并且一直停留在那里。不信的话，你可以再读一遍试试。

树叶的香味

小时候的那些事情

很奇怪，许多小时候的事情，在小时候看来，并没有什么特别的地方。可是有一天，这些小时候的事情被写了下来，忽然就有了诗的感觉。或许，这"小时候"，本来就是一段与诗相连的时光吧。

夏辇生① 著

抬轿子

男孩子，抬轿子，女孩子，坐轿子，一颠一颠出村子。女孩戴着野花环，活像一个新娘子。

"去哪呀？"男孩子问。

"找新郎！"女孩子说。

"新郎在哪呀？"男孩子瞪大眼睛找。

"太阳里！月亮上！"女孩子咯（gē）咯笑弯了腰。

轿子掉转头，嗵（tōng）嗵往回抬。任女孩子捶（chuí），任女孩子嚷，抬轿子的都成了哑巴样。

回到大树下，吧的一声，轿子散了，新娘摔了。哑巴扯开嗓门大声嚷：

"把新娘子送上太阳，送上月亮，谁跟我们抬轿、斗嘴、过家家？"

---

①夏辇生，生于1948年，儿童文学作家。

朱家栋 编文

刮脸

小贝当大摇大摆地走进理发店。他嚷道："我要剃（tì）头！"

老板笑眯眯地说："哟，是我们的小贝当呀！请坐。"

小贝当扶了扶鼻梁上的眼镜，对老板说："我是大人了，你该叫我贝当先生。"老板递上报纸，改口道："请先生看报。"

小贝当才读二年级，报上许多句子他还读不懂，但他读得很认真，把报纸翻得哗哗响。

轮到小贝当剃头了。他坐到椅子上，叫理发师给他理个小分头。

洗净、理好头发，小贝当又叫理发师给他刮脸。他指指边上那位腮（sāi）部光净的先生说："我要像他一样。"

理发师把椅子放平，让小贝当仰面躺下，自己坐到一边看报去了。

小贝当等了半天也不见动静。店里其他客人都一个接一个走了，只剩下小贝当一个人，傻乎乎地躺在椅子上。

小贝当大声喊道："理发员，你怎么还不放下报纸？你要让 我等到什么时候才刮脸呀？"

理发师说："等到你长出胡子来。"

聂作平① 著

童年的馒头

如今的幸福时光使我欣慰，不过有时心底也会泛起一缕儿时的苦涩。那时候，娘拉扯着我和妹妹，家里穷得叮当响。我在五里外的村里上学，六岁的妹妹在家烧火做饭，背着那个比她还高半截的竹篓打猪草，娘起早摸黑挣工分，日子清贫得像一串串儿干枯的灯笼花。

有年"六一"，学校说是庆祝儿童节，给每个学生发三个馒头。我兴冲冲地对娘和妹妹说："明天发馒头，妹妹一个，娘一个，我一个。"妹妹笑了，娘也笑了。

那天，学校真的蒸了馍。开完典礼，我手里多了片荷叶，荷叶里是三个热腾腾的大馒头。

回家路上，我看着手中的馒头，口水一咽再咽，肚皮也发出咕咕的叫声。吃一个吧，我对自己说。于是，我先吃了自己的那个。三两口下去，嘴里还没品出味儿，馒头已不见了。又走了一

---

①聂作平，生于1969年，当代作家。

段，口水和肚子故技重演，而且比刚才更厉害。咋办？干脆，把娘的那个也吃了，给妹妹留一个就是。娘平时不是把麦粑（bā）①让给我和妹妹，她只喝羹羹②吗？娘说过，她不喜欢麦粑呀！

……等回到家时，我呆呆地看着手中空空的荷叶，里边连馒头渣也没一星儿了。我不知道自己怎样进了门，怎样躲开妹妹的目光。娘笑笑，没吭声。

呆立间，同院的二丫娘过来串门儿，老远就嚷嚷："平娃娘，平娃娘！你家平娃带馒头回来了吗？你看我家二丫，发三个馒头，一个都舍不得吃，饿着肚皮给我带回家来了！"

娘从灶间抬起头说："可不，我家平娃也把馒头全带回来了！你看嘛！"娘说着打开锅盖，锅里奇迹般地蒸着五个白中带黄的大馒头！"你看，人家老师说我家平娃学习好，还多奖励了两个呢！"

二丫娘看看我，我慌乱地点点头……

那天晌午，娘把馒头拾给我和妹妹，淡淡地说："吃吧，平娃，不就是几个馒头嘛！"妹妹大口大口咬着馒头，我却哇的一声哭了。

后来，我发现，就是在那一天，我的童年结束了。

品与阅读

童年是一个有着丰富含义的词语。当我们念到这个词语，在为它所包含的天真、稚气之美所陶醉的同时，也不应该忘记，童年也一向容纳着沉重的内容。《抬轿子》《刮脸》和《童年的馒头》三则故事，分别向我们展示了童年所拥有的轻盈的翅膀和所承担的现实的重负。也许任何一个时代的童年，都是一种背负着重量的飞翔。

①麦粑：把麦粉连同麸皮混在一起做成的饼。
②羹羹：米或麦粉做成的稀粥。

王淑芬① 著

下课时间

钟声响了以后，老师说："好，现在下课。"

大家一动也不动。

老师告诉大家："下课时间，就是让你们到外面去玩，去上厕所，吃东西，爱做什么，就做什么。"这听起来真不赖！

糟糕的是，我对学校还不熟，根本不知道哪里有好玩的地方。全班的小朋友也都乖乖坐着，大概情况跟我一样。

坐在我前面的小胖子忽然像想起了什么似的，从书包里拿出一包洋芋片来吃。隔一会儿，他又拿起水壶。他每节课下课都要倒一杯水来喝。其他的人都坐着发呆。我想，我明天也得带包糖果什么的，否则下课时间那么长，怎么打发啊？

后来，终于有人发现，秋千、跷跷板是可以让我们玩的，只要我们抢得到。不然，也可以在操场上玩"骑马打仗"或"一二三木头人"。现在，我们都认为下课时间太短了！

①王淑芬，女，生于1961年，台湾儿童文学作家。

上课了，小胖子举手说要上厕所。老师不高兴地问："刚才怎么不去？"下课时间那么宝贵，用来上厕所多可惜啊！

要削铅笔、吃点心、排队等荡秋千、到合作社买簿子……下课要做的事太多了。我想，校长是不是把上下课的时间弄颠倒了……

树叶的香味

阿浓① 著

谁不喜欢玩

大人骂我们骂得最多的无非三件事：一是吵闹，二是贪吃，三是贪玩。

请你举三个最吵闹的地方，相信你会说："街市、茶楼、流行音乐会现场。"这三个地方是大人聚集的场所。因此，最爱吵闹的不是我们。

请你举三种最贵的食物，相信你会说："鱼翅、鲍（bào）鱼、熊掌。"这些并不是我们喜欢吃的糖果、薯条、汉堡包。因此，最贪吃的不是我们。据说，一个最贵的鲍鱼的价钱相当于一千个汉堡包，居然有大人愿意付这样的价吃这么一个鲍鱼，你说过不过分！

说到贪玩，爸这样骂我们，妈这样骂我们，爷爷和奶奶也这样骂我们，还有老师，更是天天这样骂我们。让我们来看看事实的真相：

---

①阿浓，生于1934年，香港儿童文学作家。

爸的玩具才多呢。他有一屋子的音响器材，两大箱的摄影器材，一玩起来饭也不吃，觉也不睡。

妈是最贤淑的女人（许多人都这样说），她最擅长弄吃的，中式、西式、大餐、小食、烧烤、沙拉、家乡风味、祖传秘制……她都做得像模像样。而那些厨具，蒸的、煮的、切的、炒的、磨的、搅的……一套套都是精品。她只是喜欢做，自己却吃得很少。后来我明白了，做饭是她的游戏，厨具是她的玩具。

爷爷年轻时喜欢玩什么我不知道，如今他玩什么都气喘吁吁的。可是他满身是玉，头上挂着、手腕和手指上戴着、裤带上扣着，方的、圆的、黑的、白的、绿的、黄的、透明的、不透明的、有花纹的、没花纹的……他一有空便拿出来又搓又揉地玩。

奶奶的"积木"是麻雀牌。她一坐在麻雀桌前便兴高采烈，哪怕有什么不舒服也忘得一干二净。她可以从上午玩到下午，从下午玩到半夜，天天玩不厌。

最后要说我的班主任李老师了。他说"少壮不努力，老大徒伤悲"，叫我们不要只顾玩，要努力学习，努力做功课。肥仔炳上课时玩的游戏机，被李老师没收了，说要放暑假才还给他。那天我去教师休息室找李老师交旅行费，李老师背着我，我叫他，他也听不见。后来我大声叫他，他吓了一跳，原来他正埋头玩游戏机呢。我认得那部游戏机是肥仔炳的。谁说老师不喜欢玩！

原来人人都喜欢玩，这才是正常的。不喜欢玩的，我看有点不正常。

小猫很爱玩，兽医说它们是从游戏中学习。我希望我最怕的数学和英文也可以从游戏中学会。但愿我能遇上一个一面跟我们玩，一面教我们读书的好老师。

好了，我讲了许多，要去玩了。你来不来？

拿手阅读

在《下课时间》中，作家把孩子们对于下课时间
从陌生到熟悉，再到盼望它长一些、再长一些的感觉
变化，描摹得准确、细腻而真实；《谁不喜欢玩》的
作者则把孩子眼中所看到的大人们的"游戏"，一个
个有趣地排列了出来。"游戏"和"玩"是对大人和
孩子一样具有吸引力的词。我以为，在这样轻巧的叙
事之中，童年乃至人类的某种天性，同样得到了深刻
的揭示和展现。

问答歌

问答歌是一种古老的民间歌谣，它的意思不用多解释，一看名字就能明了。问答歌也可以看作一种游戏歌谣，只不过，这种游戏可不仅仅属于孩子们，在民间，它常常也是成人之间的一种既生活化又艺术化的交流方式。

谁会飞

谁会飞？
　　鸟会飞。
鸟儿怎样飞？
　　扑扑翅膀去又回。
谁会游？
　　鱼会游。
鱼儿怎样游？
　　摇摇尾巴掉掉头。
谁会跑？
　　马会跑。
马儿怎样跑？
　　四脚离地身不摇。
谁会爬？
　　虫会爬。
虫儿怎样爬？
　　许多脚儿慢慢爬。

树叶的香味

什么虫儿空中飞

什么虫儿空中飞？
什么虫儿树上叫？
什么虫儿路边爬？

什么虫儿草里跳？

蜻蜓空中飞，
知了树上叫，
蚂蚁路边爬，
蚱蜢草里跳。

什么尖尖尖上天

什么尖尖尖上天？
什么尖尖在水边？
什么尖尖街上卖？
什么尖尖姑娘前？
宝塔尖尖尖上天，
菱角尖尖在水边，
粽子尖尖街上卖，
花针儿尖尖姑娘前。

什么圆圆圆上天？
什么圆圆在水边？
什么圆圆街上卖？
什么圆圆姑娘前？
太阳圆圆圆上天，

荷叶圆圆在水边，
烧饼圆圆街上卖，
镜子圆圆姑娘前。

什么方方方上天？
什么方方在水边？
什么方方街上卖？
什么方方姑娘前？
风筝方方方上天，
丝网方方在水边，
豆腐方方街上卖，
手巾方方姑娘前。

什么弯弯弯上天？
什么弯弯在水边？
什么弯弯街上卖？
什么弯弯姑娘前？
月亮弯弯弯上天，
白藕弯弯在水边，
黄瓜弯弯街上卖，
木梳弯弯姑娘前。

树叶的香味

什么飞过青又青

什么飞过青又青？

什么飞过打铜铃？

什么飞过呢（ní）喃（nán）响?

什么飞过不做声？

青翠飞过青又青，

白鸽飞过打铜铃，

燕子飞过呢喃响，

蝙蝠飞过不做声。

什么出来

喜鹊喜鹊，

听我唱歌。

什么出来岩上坐？

什么出来织绫（líng）罗？

什么出来连天吼？

什么出来笑呵呵？

猴子出来岩上坐，

蜘蛛出来织绫罗，

响雷出来连天吼，

太阳出来笑呵呵。

拿手阅读

问答歌既是一种互问互答的游戏，也是一场智慧的考验。问与答，既是彼此间的戏耍，又代表着一种力量的角逐。欣赏问答歌的过程，也是体验民间特有的思维方式和能量的过程。要知道，许多巧妙的问答歌，最初也许是人们在几分钟的时间内即兴创作出来的。

树叶的香味

文字怎样变成了诗和故事

诗和故事当然是由文字写成的，不过有的时候，一个特别的字或词，可以在一首诗或者一则故事中扮演很特别又很重要的角色。换句话说，我们可以用文字写成的诗和故事，再来写关于文字的故事和诗，那将会是一件十分有趣的事情。

［德国］
约瑟夫·雷丁① 著
绿原 译

最难的单词

树叶的香味

最难的单词，

不是

墨西哥的

山名——

波波卡特佩特，

不是

危地马拉的

地名——

乞乞卡斯坦兰戈，

不是

亚非利加的

城名——

瓦加杜古。

最难的单词，

对许许多多人来说，

是"谢谢"！

①约瑟夫·雷丁，生于1929年，德国作家。

[苏联]
维·奥谢耶娃① 著
邵焱 译

一个有魔力的字

　　小公园的长凳上，坐着一位个儿不高的白胡子老头儿。他正用阳伞在沙土上画着什么。

　　"坐开一点儿。"巴甫立克对他说，接着便在边上坐了下来。

　　老头儿看了小男孩那张气得通红的脸一眼，往旁边挪动了一下说：

　　"你怎么了？"

　　"没怎么！你呢？"巴甫立克斜了他一眼。

　　"我没什么。倒是你现在又喊叫，又流泪。是和谁吵嘴了吧……"

　　"可不是！"小男孩生气地嘟囔着，"我还要马上从家里逃跑呢！"

　　"逃跑？"

　　"逃跑！哼，单凭我那个姐姐，我就得逃跑。"巴甫立克握紧两只拳头，"我刚才险些揍她一下子。她有那么多画画儿的颜

---
①维·奥谢耶娃（1902—1969），苏联儿童文学作家。

料，可她连一点儿都不肯给我！"

"不给？不过，为了这就逃跑，太不值得了。"

"不光为这个。奶奶为了一个小小的胡萝卜，竟把我从厨房里赶了出来……简直是把我当成了废物，废物……"

由于委屈，巴甫立克哼哧哼哧地喘起粗气来。

"唉，全是小事！"老头儿说，"一个人欺侮你，总会有另一个人怜悯（mǐn）你呀！"

"谁也不怜悯我！"巴甫立克气恼地喊道，"哥哥要去划船，也不带我去。我对他说：'还是带我去的好，反正都一样，你不带我，我也不会落在你后面，我可以把双桨拿走，自己爬上船去！'"

巴甫立克开始时用拳头敲着长凳，后来，他忽然沉默了。

"哥哥不带你去？这也没什么关系呀！"

"可您为什么总盘问我呢？"

老头儿捋（lǚ）①着长长的胡须说：

"我想帮助你呀！世上有这么一个富有魔力的字……"

巴甫立克惊奇地张开了嘴巴。

"我告诉你这个字，但是要记住：当你和人谈话的时候，应当正视着对方的眼睛，用柔和的声音说出它来。一定要记住：正视着对方的眼睛，用柔和的声音……"

"这是个什么字呢？"

老头儿弯下腰来，嘴巴对准小男孩的耳朵，柔软的胡须紧贴着巴甫立克的面颊。他低声地说了一句什么，又大声地补充道：

"这是一个富有魔力的字，但是，千万别忘了，该怎样说。"

"我去试试看，"巴甫立克半信半疑地微笑着，"我马上去试一试。"

①捋：用手顺着抹过去，使物体顺溜或干净。

他跳起来，跑回家去。

姐姐正坐在桌旁画画儿。她的面前摆满了各种各样的颜料：绿色的、蓝色的、红色的……

她一看见巴甫立克，急忙把颜料归到一堆儿，还用手捂起来。

老头儿欺骗了我！巴甫立克懊丧地想，难道她就这样听那个富有魔力的字吗？

巴甫立克侧着身子走到姐姐身边，轻轻地拉拉她的袖子。姐姐回过头来，只见弟弟注视着自己的眼睛，用柔和的声音说：

"姐姐，请你给我一点儿颜料吧！"

顿时，姐姐睁大了双眼。她松开了手指，手也从桌上移开了。她很不好意思，低声含糊地问：

"你要什么样的？"

"我想要点儿绿色的。"巴甫立克答道。

他把颜料握在手中，在房间里转了一圈儿，就还给了姐姐。他现在并不需要颜料，而是一心想着那个富有魔力的字。

我到奶奶那儿去，她正好在做饭，看她还赶不赶我走。

巴甫立克这样想着，就去打开了厨房的门。

老奶奶正在煎香喷喷的油炸包子。

巴甫立克跑到她跟前来，双手摩挲（suō）①着她红扑扑的布满皱纹的脸，望着她的眼睛，低声说：

"请您给我一只小包子吧！"

奶奶挺起腰来。啊，这个富有魔力的字使她的双眼炯炯闪光，使她脸上的每一条皱纹，都因微笑而舒展开来。

"啊，我亲爱的！你喜欢热乎乎的吧，热乎乎的……"她边说边给他挑了一只最好的、煎得油黄黄的包子。

巴甫立克高兴得跳起来，并热烈地亲吻奶奶的双颊。

---

①摩挲：用手抚摩。

"魔术师！魔术师！"他想起了老头儿，便自言自语地唠叨起来。

午饭后，巴甫立克安静地坐在一旁，谛（dì）听着哥哥的每一句话。当哥哥说要去划船的时候，巴甫立克把一只手放在哥哥的肩上，低声地请求道：

"请你带我去吧！"

桌旁的人一下子都不做声了。哥哥扬了一下眉毛，带点儿讽刺意味地笑了笑。

"请你带他一块儿去！"姐姐突然说，"对你来说，这算不得什么！"

"对，为什么不带他去？"奶奶微笑着说，"当然要把他带去。"

"请！"巴甫立克又重复了一遍这个字。

哥哥大声地笑了起来。他温存地拍了拍巴甫立克的肩膀，抚摩着他的头发说：

"当个旅行家？成！好，准备动身吧！"

"啊，是它帮助了我！是它又一次帮助了我！"

巴甫立克一下子跳了起来，跑到街上去了。但是，在小公园里，老头儿已经不见了，长凳空着，仅仅在沙土上留下了老头儿用伞画下的一些看不明白的记号。

牵手阅读

为什么说世界上最难的单词是"谢谢"？又为什么一个"请"字就能让语言散发出"魔力"？在我们的生活中，有许多像"谢谢"和"请"这样的词语，等着我们把它们从"最难"的井中打捞上来，释放出它们的"魔力"。

树叶的香味

冰波① 著

企鹅寄冰

狮子大王住在很热的非洲。

夏天来了，狮子大王不停地叫着："热啊，热啊！"

豹子说："听说在南极有一种很冷很冷的东西，叫作冰。"

狮子大王说："是吗？那我要看看冰到底是什么样的。"

他立刻给南极的企鹅写了一封信，请企鹅寄一块冰来。

好多天以后，企鹅收到了信。

企鹅说："狮子大王想要一块冰？这可太容易了，我这里可是冰天雪地啊。"

企鹅挑了一块特别方的冰，装在塑料袋里，然后再封进盒子里，给狮子大王寄去了。

装冰的盒子先上了轮船，又上了飞机，因为从南极到非洲，有好长好长的路。

过了很多天，狮子大王终于收到了盒子。他打开盒子一看，

①冰波，生于1957年，儿童文学作家。

觉得非常奇怪："咦，盒子里怎么装着一袋水？"

狮子大王很生气，他对邮递员说："把这个邮件退回去！"他还在邮件上贴了一张字条。

又过了很多天，企鹅收到了退回来的盒子。

狮子大王的字条是这样写的："我要你寄冰来，你为什么给我寄水来？"

企鹅连忙把盒子打开，盒子里的那个塑料袋里，是一块方方正正的冰。

"这明明是冰嘛！狮子大王怎么说它是水呢？"企鹅也糊涂了。

[英国] 毕塞特① 著
杨晓东 译

字河

从前有条河，河里面不是水而是字。这条河流进海里，海里面全是故事书而不是水。

河向前流去的时候，字和笔画就互相推来挤去地滚动着，向岩石上冲去，就跟平常的水的河流是一样的。

"我晓得了。"字河说道，"我们来写个故事吧！从前有……"

"好哇！"河里的字大嚷道，"写故事就是这样子开头的呢。下面呢？"

字河告诉他们的，就是下面这个故事：

从前有条字形成的河，河在向海里流。当所有的字都在变成故事书的时候，忽然来了一只小水獭（tǎ），从河那边游了过来。字被他一搅，秩序都乱掉了，本来是"从前有"就变成了"有从前"，被搅得一团糟。

---

①毕塞特，英国儿童文学作家。

"唉！你真是个顽皮的水獭！"字河向那只名叫却利的水獭说道，"你把我们的故事给搅颠倒了。"

"实在抱歉得很！"却利说，"也许我再游回去会把字的次序排好。"

他游回去爬上岸，看着河里的字。"前有从，"他念道，"当然不对！"

可是，河打了个小小的漩儿，马上就把字的顺序排对了。"从前，"却利念道，"有只水獭，名字叫却利。"

"咦？这是我呀！我的名字就叫却利。这是个关于我的故事呢。"他太兴奋了，跳上又跳下的，脚下一滑，摔进了河里，又把字给搅乱了。哼！字河可生气了。水獭尽他所能，赶快爬上岸，看着河里的字："水獭有利却前从。"糟透了！

"你还想看到什么？"字河说，"每次我们开始写，你就摔进来把字弄得七颠八倒。现在我们要重新开始。"

"从前有一只水獭，他的名字叫却利，住在字河的旁边……下面怎么写呢？"

字们想来想去，却想不出一个关于却利的故事，所以却利说道："我来帮忙。"他从河旁走开，然后尽快地向字河奔过来，一下跳进河的正中央。后来，他游上岸，看着河里的字。（这次，他可把这些字搅和得很好。）

"从前有只很顽皮的水獭。"他念道，"有一天他遇到一只猫咪。"

"喵呜！"猫咪说，"你喜欢冰淇淋吗？"

"不喜欢。"却利说。

"喵呜！你喜欢牛奶吗？"

"不喜欢。"

"喵呜！你喜欢鱼吗？"

树叶的香味

"喜欢。"

"喵呜！"猫咪说，"喂！你要是到我家来的话，我姑母会请你喝鱼茶，还有烤黄的面包、牛油和鱼子酱。"

"太好了！"却利说，"听你这么一说，我都觉得饿了。我要回家去喝下午茶了。字河，在我走以前，告诉我，这个故事你要怎么写下去。"

"这个故事要当作我们这本故事书里的第一个故事。"字河说。

却利很高兴。"太好了！"他说，"我要走了！再见！"

"再见！"字河说。

河里的字滚来滚去地拼成了"献给却利爱和吻"，然后他们推推挤挤地流进了故事书海。

牵手阅读

利用"水"与"冰"这两种事物的形态与名称的互相转化，作家写出了《企鹅寄冰》的故事；利用文字之间位置的变换与调整所带来的陌生感与幽默感，作者创作出了《字河》。从古至今，文字都是许多作家喜欢琢磨、拆解和把玩的对象，正是从这样的文字游戏中，我们对于文字这种特殊的事物，也有了更多的认识。

你听到了什么

很多时候，我们看得太多，而听得太少。当然，我指的是那种认真的、用心的、与世界相交融的倾听。这样的倾听，只有当心灵安顿和宁静下来时，才会慢慢发生。在一个"听"到的世界里，会有许多新鲜的感觉和发现，从心底毛茸茸地生长起来。

桂文亚[1] 著

你一定会听见的

树叶的香味

　　你听过蒲公英梳头的声音吗？蒲公英有一蓬金黄色的头发，当起风的时候，头发互相轻触着，像磨砂纸那样沙沙地一阵细响。转眼间，她的头发，全被风儿梳掉了！

　　你听过八十只蚂蚁小跑步的声音吗？那一天，蚂蚁们排列在红红的枫叶上准备做体操，噗（pū）的一声，一粒小酸果从头顶落下。"不好，炸弹来啦！"顷刻间，它们全逃散了！

　　你听过雪花飘落的声音吗？一个宁静的冬夜，一朵小小的雪花，从天上轻轻地、轻轻地飘下，飘啊飘，飘落在路边一盏孤灯的面颊上，微微的一阵暖意，让小雪花满足而温柔地融化了……

　　如果你问："这都是想象中的声音吗？我怎么听不出来呢？"那么我再说清楚一点：

　　你总听过风吹的声音吧？当微风吹过柳梢，当清风拂过明月，当狂风扫过巨浪，当台风横越山岭，你总听到些什么吧？

---

①桂文亚，女，生于1949年，台湾儿童文学作家。

你总听过动物的声音吧？当小狗忙着啃骨头，当小金鱼用尾巴拨水，当金丝雀在窗沿唱歌，当两只老猫在墙头吵架，当三只芦花鸡在啄米吃，你总听到些什么吧？

你也总听过水声吧？当山间的清泉如一支银箭奔向溪流，当哗啦啦的大雨打向屋脊，当小水滴清脆地落在盛水的脸盆里，当清道夫清扫水沟里的落叶，当妈妈开水龙头淘米煮饭，当你上完厕所冲抽水马桶，你总该听到些什么吧？

说得明白一些，只要你不是聋子，只要你两只耳朵好好地贴在脸侧，打从你初生那一刻哇哇大哭、咯咯傻笑起，你就在听，就不得不听。你学着听奶奶摇摇篮的声音、妈妈冲奶粉的声音、爸爸打喷嚏的声音；你学着听开门、关灯、上楼梯、电话铃的响声，还有弟弟被打屁股的声音。这些随时在你身边发出的响声，你怎么会听不见呢？

你当然知道，声音就是物体振动时，与空气相激荡所发出的声响，而每一种声响、每一种声音，都代表了不同的意思。从声音里，人学会了分辨、感受喜怒哀乐，也吸收了知识。愉快动听的声音，固然带给我们快乐；嘈杂无聊的声音，也同样使人痛苦。在声音里，我们逐渐成长。

人有耳朵，听八方；加上眼睛，观四方。用心听，用心看，也用心想，构成了一个丰富奇妙的世界。

可是，说也奇怪，当一个人长期习惯了一种声音或者潜意识里抗拒某种声音的时候，这种声音竟然也不知不觉地消失了。例如马路上疾驰而过的汽车声，隔壁工厂轰隆隆的马达声，老奶奶唠唠叨叨的抱怨声……久而久之，左耳进右耳出，人，开始了声音的"过滤"。聪明的人，知道什么时候该听，什么时候不该听，这是因为他在听的过程里，学会了选择和思考。他听进心里的声音，不仅好听，也是有益的。这些声音，充实了他的生活，使他得到很多乐趣。

可是，对一个不用心听又没有兴趣听的人来说呢，久而久之，他就成了没有感觉的人。当大家说好的时候，他盲目地跟着鼓掌；大家批评的时候，他也跟着摇头。鸟叫虫鸣，只是一种"声音"。即使美妙的音乐，也只不过是几种乐器的组合。想想看，如果一个充耳不闻的人，对外界的一切已经无动于衷，那他必然也是一个视而不见的人了。当一个人丧失了接收世界声音的能力，不也正意味着这个人内心世界的封闭和退缩，成了一个不折不扣的木头人吗？

你善用你的耳朵了吗？你听见世界的声音了吗？你用心听了吗？你听见了什么？

这里的一个声音游戏，你要不要试着玩玩看，也试着把感觉记录下来？

轻轻松松嚼几片脆脆的饼干、几颗硬硬的糖果，感觉一下是什么声音。

树叶的香味

把玻璃纸揉成一团，然后聆（líng）听它缓缓舒展的声音。

用两根筷子敲一敲家里的各种器皿（mǐn），比较它们的声音。

听一听落到玻璃窗上的雨滴的声音。

听一首喜爱的音乐，把它编成一个故事。

录下自己及家人、朋友唱的一首歌或说的一段话，仔细听一听。

你开始微笑，轻轻地笑，大声地笑。这时候，你一定会听见这个世界也跟着你欢笑。

［美国］
贝杰明·爱尔钦 著
平波 译

世界上最响的声音

从前，世界上有一个最吵闹的地方，叫作砰（pēng）砰城。砰砰城里的居民从来不轻言细语地说话，总是大叫大嚷。他们城里的鸭子是全世界叫得最响的鸭子；他们关门的声音是全世界最响的；连警察吹起哨子来，也是全世界最刺耳的。城里的人对此感到十分自豪。他们最喜欢唱的歌是：

使劲关门，
跺响地板。
白天我们吼叫，
夜晚我们打鼾（hān）。
砰砰！砰砰！！

砰砰城里所有会吵闹的居民中，要数喧闹王子闹得最厉害了。尽管他还不满六岁，可是制造喧闹声的本事比大人还大。他喜欢大喊大叫，喜欢把锅子、盘子放在一起敲得当当响，同时嘴里还不停地吹哨子。

他最爱玩的游戏是爬上梯子，把许多金属垃圾箱和铁皮桶堆得很高很高，然后猛地把它们推倒，发出震天的响声。他一次又一次地把这些东西堆起来，越堆越高，推倒时发出的响声也越来越大。可是他还是不满足，喧闹王子渴望听到世界上最响的声音。

再过几个星期就是王子六岁的生日了。他的父亲——砰砰城的国王，问他想得到什么东西作为生日礼物。

"我想听世界上最响的声音。"喧闹王子回答说。

"好，"国王说，"到那天我将命令皇家鼓手敲一整天的鼓，让他们敲出响得出奇的鼓声。"

"我早已听过了，"王子抱怨说，"那不是世界上最响的声音。"

"那么，"国王又许诺说，"我还要命令所有的警察都吹起响得出奇的哨子。"

"那些我也听过了，"喧闹王子说，"还是不够响。"

"你听我说，"国王说，"到那一天我再命令所有的学校都放假，叫小孩子们一整天都待在家里不停地使劲关门，把门关得特别响。怎么样？"

"这还差不多，"王子同意说，"但是这还算不上世界上最响的声音。"

国王是个慈祥的父亲，可现在他也开始不耐烦了。"你到底在想些什么呀？"他问，"你有什么好主意？"

"当然，"喧闹王子回答说，"那么我来告诉你这些日子我一直盼望的东西。我想让世界上所有的人在同一时刻发出叫喊声。如果千百万的人一齐叫喊起来，我想，这一定是世界上最响的声音。"

国王越考虑，越喜欢这个主意。"这一定很有趣，"他说，"另外，我将成为历史上第一个让世界上所有的人在同一时刻做同一件事的国王。"

"对，我来试试看。"

于是砰砰城的国王开始忙碌起来。他派出了上百个信使到各个国家去，从最炎热的丛林之国，到最寒冷的冰岛之国，每天用电报、手鼓、汽车、信鸽、飞机和狗拉的雪橇（qiāo）传送着成千的信息。不久，回信开始接二连三地寄来了。

所有的人听到这个主意都很高兴，并且都愿意尽力。看来全世界都为这个想法激动起来了，所有活着的人将在同一时刻发出声音。

时间一星期、一星期地过去了，王子的生日越来越近，人们也越来越兴奋了。在每一个国家里，人们成天除了谈论喧闹王子的生日，别的什么也不谈。全世界没有一个村庄不贴着用当地的语言写的告示，告诉人们大声喊叫的精确的当地时间。到那时人们将齐声高喊："生日愉快！"

一天下午，在离砰砰城很远的一个城市里，一个妇女正在跟她的丈夫谈论王子的生日。她说："有个问题一直在折磨着我，如果我自己叫得那么响，那怎么才能听到别人的喊声呢？我听到的只能是自己的声音。"

"你说得不错。"她的丈夫说，"我们和其他人一样张大嘴，但是别发出声音。这样，当其他人声嘶力竭地高喊的时候，我们则一声不吭，好好听听这种喊声。"看来，这是个好主意。

这个妇女好心地把这个办法告诉了邻居，她的丈夫也出于好心把这个办法告诉了他公司里的朋友们。这些朋友也好心地告诉了他们的朋友，他们的朋友又告诉了自己的朋友。

不久，全世界的人，甚至砰砰城里的人都在私下里互相转告：到那个时刻不要喊出声来，只把嘴张开，这样就能听到其他人发出的喊声了。

没有人想弄糟王子的生日庆典，每个人只是这么想：在千百万人的喊声中，不会缺少我一个人的声音，其他人在喊叫时，我不发出声音也无关紧要，这样我就可以仔细听了。

那个重要的时刻越来越近了。在全世界的每一个角落，人们成群结队地汇集到他们平时集合的地方。全世界的眼睛都注视着那些大钟，它们滴答响着送走一秒又一秒的时间。极度兴奋的心情像电流一样传遍了全球。当然，在砰砰城里，人们的情绪就更加热烈了。

成千上万的人挤满了皇宫前面的广场，他们欢呼着，叫喊着。而在高高的阳台上，年轻的王子正高兴地等待着那世界上最响的声音。

只剩下十五秒钟……十秒钟……五秒钟……到了！

二十亿人都竖起了他们的耳朵，搜寻着那世界上最响的声音，可是二十亿人什么也没有听到，到处是一片寂静。为了能听到别人的喊声，每个人都没有发出声音。每个人都希望别人把工作干完，而自己能悠闲地在旁边享受一番。

那么，一向以吵闹自豪的砰砰城怎么样了呢？它也是一片寂静。这可是它一百年来的头一次。砰砰城里的居民没有用最响的声音给他们的王子祝寿，而是一个个悄然无声，这使他们的王子很难堪。这时，他们一个个低着脑袋，准备悄悄地溜走。突然，他们又停下了。那是什么声音？就是从那高高的阳台上发出来的。这是真的吗？王子正高兴地拍着手，幸福地笑着。一点不错，王子兴高采烈地指着花园的方向。他生平第一次听到了小鸟的歌唱，听到了微风在树叶间的低语声，小溪潺（chán）潺（chán）的流水声。他有生以来第一次听到了大自然的声音，而不是砰砰

树叶的香味

城里往日的喧闹声。他第一次得到了"安静"这个礼物，他喜欢极了。

现在，砰砰城再也不吵闹了，到那里去旅游的人们会看到这样的牌子：

欢迎您到砰砰城来

砰砰城——安静之乡

砰砰城里的居民现在说起话来轻声细语，他们以拥有全世界最安静的鸭子、关起来声音最轻的门、哨子吹得最柔和的警察而自豪。

牵手阅读

许多存在着的事物，在别人提醒我们注意以前，常常不为我们所察觉，就像《你一定会听见的》的作者在文中所列举的各种声音。然而告诉你有那么多种声音存在着，并不只是为了让你知道，而是希望你也能行动起来，用自己的耳朵和心灵，打开一个属于你自己的"听"的世界。那将会是一个令你惊喜的新的世界，就像砰砰城的王子在他六岁生日时所得到的那件珍贵的礼物一样。

不会叫的狗

[意大利]
姜尼·罗大里① 著
沈萼梅 刘锡荣 译

树叶的香味

从前，有一条不会叫的狗。它不会像狗一样叫，不会像猫一样叫，也不会像牛那样哞（mōu）哞叫，更不会像马那样嘶鸣，它真的什么都叫不出来。它是一只孤零零的小狗，不知道它是怎么到了一个没有狗的国家。它并没有发现自己有什么缺陷，是别人让它明白不会叫其实是一个很大的毛病。它们对它说：

"你怎么不叫？"

"我不会……我是外来的……"

"这算什么回答呀？你难道不知道狗是会叫的？"

"干吗要叫？"

"狗会叫，因为它们是狗。它们对过路的二流子叫，对惹人讨厌的猫叫，对着满月叫。它们高兴的时候叫，神经紧张的时候叫，发怒的时候也叫。它们白天叫得多，但晚上也叫。"

"也许是这样，可我……"

①姜尼·罗大里（1920—1980），意大利儿童文学作家，1970年国际安徒生奖获得者。

"可你是怎么啦？你这只狗可真个别。去，去！总有一天你会上报的。"

狗不知道该怎么回答这些批评。它不会叫，也不知道怎么才能学会。

"你跟我学。"有一次，一只同情它的小公鸡对它说。那只小公鸡就喔喔喔地啼了两三声。

"我觉得很难。"小狗对小公鸡说道。

"不难，容易极了。你好好听着，注意看我的嘴。总之，你注意观察我，学我的样子。"

小公鸡又喔喔喔地啼叫起来。

狗试着照小公鸡的样子做，但从它的嘴里只发出一种滑稽的咯咯声，吓得那些小母鸡都逃走了。

"不要紧，"小公鸡说道，"第一次能这样就很不错了。你再试试，来！"

小狗又试了一次，两次，三次。它天天都练习。它从早到晚偷偷地练着。有时候，为了练得更自由，它索性到树林里去。一天早晨，当它正在树林里练习时，它发出的喔喔喔的啼叫声是那么逼真，那么好听，那么洪亮，以致狐狸听见后，心里直寻思着：公鸡终于来找我了，我得跑过去感谢它的来访……狐狸真的跑去了，还没忘记带上刀叉和餐巾，因为对于狐狸来说，没有比一只小公鸡更美味可口的午餐了。可以想象到，当它看见啼叫的是只狗而不是小公鸡时，它该是多么失望啊！那狗蹲坐在自己的尾巴上，一声又一声地喔喔叫着。

"啊呀，"狐狸说道，"原来是这样！你这是给我设下了一个圈套。"

"一个圈套？"

"当然啦。你使我以为，是只公鸡在树林里迷路了，而你却躲起来想抓住我，幸好我及时发现了你。不过，这样行猎是非法的，通常狗一叫，我就知道猎人来了。"

"我向你担保，我……你看，我压根儿就没想到行猎，我是来这里做练习的。"

"做练习？什么练习？"

"我是在练习啼叫。我差不多已经学会了，你听我叫得多好！"

说完，它就洪亮地喔喔地叫起来。

狐狸真想捧腹大笑。它在地上打滚，捧着肚子，咬着胡须和尾巴，竭力忍着不笑出来。我们的小狗感到受了委屈，低着头，挂着泪花默默地走开了。

附近有一只杜鹃，它看着小狗走过去，很怜悯它。

"它们把你怎么啦？"

"没什么。"

"那你为什么这样伤心？"

"唉……没什么好说的……因为我不会叫，也没有任何人教我。"

"要是就为了这个，那我可以教你。你听着我怎么叫，你尽可能地模仿我。咕咕……咕咕……咕咕……你懂了吗？"

"我觉得很容易。"

"容易极了，我从小就会这样叫。你试试！咕咕……咕咕……"

"咕……"狗学着杜鹃叫，"咕……"

它那天试了，第二天又试了。一个星期过后，它已经学得相当不错了。小狗真高兴，心想：我终于真的会叫了，现在它们不能再取笑我了。

正好在那几天里，人们开始打猎了。树林里来了很多猎人，

里面还有百发百中的神枪手。哪怕是一只夜莺，他们也会给打下来的。一个枪法很准的猎手经过那里，他听见从树丛中传来"咕咕……咕咕……"的叫声，就举枪瞄准，砰砰连开了两枪。

幸好子弹没打中狗。子弹只在小狗的耳边嗖嗖地擦过，就像连环画里画的那样，狗拔腿就跑，但它很诧异：那个猎人准是发疯了，竟对狗开枪……

这时，猎人正在寻找杜鹃。他认为，杜鹃肯定被打死了。

"准是那只狗给叼走了。天知道这只狗是从哪里冒出来的！"猎人咕（gū）哝（nong）着。为了发泄他的愤怒，他朝一只从窝里伸出脑袋来的小耗子开了一枪，但没打中。

狗跑啊，跑啊……

第一种结局

狗跑着，它跑到了一片草坪上，一头小母牛正在那里安详地吃草。

"你往哪儿跑呀？"

"我不知道。"

"那你站住。这里的青草特别鲜嫩。"

"唉，青草不能医治我的病……"

"你病啦？"

"可不是！我不会叫。"

"可是，这是世界上最容易的事！你听我叫：哞——哞——哞——还有比这叫声更好听的吗？"

"不错。但我没有把握，这是不是正确的叫法。你是一头母牛……"

"我当然是头母牛。"

"我不是，我是一只狗。"

"你当然是只狗。这又怎么样？这并不妨碍你学习我的语言。"

"好主意！好主意！"狗大声说道。

"什么主意？"

"此时此刻我想起来的那个主意：我将学会所有动物的叫法，我将让一个马戏团聘请我，我将获得极大的成功，我将变得很有钱，娶国王的女儿为妻，当然是狗中之王的女儿。"

"你真不简单，想得真妙。那你就开始学吧！你听好了：哞——哞——哞——"

"哞——"狗学着。

这是一只不会叫的狗，却很有学习语言的天赋。

树叶的香味

第二种结局

狗跑啊，跑啊，它碰上了一个农民。

"你往哪儿跑啊？"

"我自己也不知道。"

"那就到我家来吧！我正需要一只狗替我看守鸡舍（shè）。"

"我愿意去，但我得告诉您：我不会叫。"

"那更好。会叫的狗会把贼吓跑的，而你却不让他们听见，等他们一靠近，你就咬住他们。这样，他们就会得到应有的惩罚。"

"行。"狗说道。

就这样，不会叫的狗找到了一份工作，它戴着锁链，每天

都能喝上一大碗浓汤。

第三种结局

狗跑啊，跑啊，突然停住了，它听见一种奇怪的叫声："汪汪，汪汪……"

狗想：这叫声像在对我说什么，尽管我搞不清这是什么动物在叫。

"汪，汪……"

"可能是长颈鹿吧，不，也许是鳄鱼。鳄鱼是一种凶猛的动物，我得小心谨慎地靠近它。"

小狗在树丛中向传来汪汪叫声的方向匍（pú）匐（fú）前进，不知为什么，它的心跳得十分厉害。

"汪汪！"

"哦，也是一条狗。"

你们知道吗？这就是刚才听见咕咕叫声后开枪打鸟的那个猎人的狗。

"你好，狗。"

"你好，狗。"

"你能否告诉我，你发出的是什么声音？"

"发出的是什么声音？我不是发出什么声音，我是在吠（fèi），供你参考。"

"这是狗叫？你会狗叫？"

"当然喽。你总不能要求我像大象那样叫，或者像狮子那样怒吼吧？"

"那你能教我吗？"

"你不会叫？"

"不会。"

"你好好听着，好好看着，得这样叫：汪，汪……"

"汪，汪……"我们的小狗很快就学会了。它又激动又高兴地想：我终于找到了我应找的老师。

牵手阅读

在故事里，不会叫的狗面临着三种选择，不知道它自己更喜欢哪一种。

一个故事可以有三个结局，这也是故事的一种写法。这样，结局就不再是故事的结束，而成了新的选择和创造的开始。不但故事的主人公可以选择不同的命运，读者也有权利依照自己的想象，为故事续写另外的结局，而这另外的结局，也许又可以成为另外一个故事的开始。就这样，一个封闭的故事被打开，继而拥有了无数种可能。或许这样的故事结构也可以提醒我们去发现和创造属于自己生命故事的许多种可能。

树叶的香味

森林里和森林外的动物

动物是与我们在这个地球上一道分享时间与空间，分享阳光、空气、水和生命的一些特殊的伙伴。很难想象如果没有它们的陪伴，人类在地球上会显得多么孤单。

去森林里和森林外、现实里和想象中，寻找我们的动物朋友和它们的故事吧！

[苏联] 高尔基[1] 著
任溶溶 译

小麻雀

树叶的香味

　　麻雀跟人一样：老麻雀挺没趣，就像书上写的，样样都要叨（dāo）唠（lao）两句；小麻雀却不听人家的话。

　　话说从前有只黄嘴小麻雀，住在浴室窗顶画板后面那个温暖的窠（kē）里。这窠是用柔软的麻屑、苔藓什么的做的。小麻雀还没试飞，可已经拍着翅膀，一个劲儿地往麻雀窠外面东张西望了。它想早点知道世界是个什么样子，合不合它的心意。

　　麻雀妈妈问它："怎么怎么？"

　　小麻雀拍着翅膀，望着下面的泥巴说："极极极黑，极极极黑！"

　　麻雀爸爸飞回家，给小麻雀叼来好些小虫子，夸口说："极极极多吧？"

　　麻雀妈妈称赞说："极极极多！"

　　小麻雀咕嘟吞下了小虫子，心里说："可神气神气啦！给我

_____
①高尔基（1868—1936），苏联作家。

几只有脚的小虫子，可就稀奇了！"

它一个劲儿地把身子探到窠外面，拼命地东张西望。

麻雀妈妈很担心："孩子，孩子，小心点，会摔下去的！"

小麻雀问："摔什么摔什么？"

"别摔什么摔什么的。摔了下去，猫就叽的一下，把你吃了！"麻雀爸爸说完便飞去找食了。

日子就这么过去了，可小麻雀的翅膀长得不急不忙的。

有一回刮风，小麻雀又问："怎么怎么？"

妈妈说："风把你一吹，叽叽一下，就把你吹到下面让猫给抓住了！"

小麻雀不爱听这个，它说："树干吗摇来摇去？树不摇，风就没有了……"

妈妈说不是这么回事，可小麻雀不信——样样事情它就爱由着自己的性子解释。

一个庄稼汉在浴室前面走过，两只手摆来摆去。

小麻雀说："他翅膀上的毛都让猫给咬掉了，光剩骨头了！"

麻雀妈妈说："这是人，人都没翅膀！"

"为什么？"

"人就是不用翅膀嘛！他们净用脚跳，瞧见没有？"

"为什么？"

"他们有了翅膀就来抓我们了，像我和你爸抓虫子似的。"

"瞎讲！"小麻雀说，"瞎讲，胡说八道！什么东西都该有翅膀，在地上准没在空中好……我长大了，要让什么东西都在空中飞。"

小麻雀不信妈妈的话。它还不知道，不信妈妈的话就没有好结果。

它蹲在麻雀窠的边边上，扯开嗓子，唱它自己编的歌：

哈哈，

人不长翅膀，

只长两条腿。

尽管高又大，

只把虫子喂！

别看我很小，

虫子吃进嘴。

它唱啊，唱啊，一不小心就掉到窠下面去了。麻雀妈妈紧紧跟着飞下来。可一只猫，一只眼睛绿莹莹的大红猫，已经等在那里了。

小麻雀慌作一团，拼命鼓翅膀，两只小灰脚站着，浑身直摇晃，嘴里叽叽叫："我极极极其高兴……"

麻雀妈妈把它推到一边，浑身的毛竖起来，又凶猛，又勇敢，妈妈张大了嘴，直盯着那只猫。

"去，去！飞吧，孩子，飞到窗子上，飞吧……"

小麻雀一害怕，竟从地上飞起来了。它向上一跳，翅膀一下，两下……它已经飞到窗子上面去了！

麻雀妈妈也马上飞起来，可已经被猫抓掉了尾巴。不过它欢天喜地地蹲到小麻雀身边，吻着它的后脑勺儿，说："怎样？怎样？"

小麻雀说："嗯，没什么！得一样一样学起来嘛！"

大红猫蹲在地上，舔掉爪子上麻雀妈妈的毛，绿莹莹的眼睛盯着它们看，懊恼地喵喵叫："妙极了的肥嫩小麻雀，跟耗子一样妙……喵喵，没啦……"

一切圆满结束，要是咱们不说这一点：麻雀妈妈的尾巴没有了……

牵手阅读

这是一个节奏欢快又带给我们许多回味的故事。故事中轻佻的小麻雀虽然给自己和妈妈带来了危险，但也在危险中学会了飞行。小麻雀的淘气让麻雀妈妈冒了一次大险，丢了尾巴，但麻雀妈妈还是“欢天喜地”的。我很喜欢这则故事的结尾：“一切圆满结束，要是咱们不说这一点：麻雀妈妈的尾巴没有了……”那么轻松的叙述，反而能带给我们那么深切的回味与感动。

[美国] 盖·塞尔策 著
徐海涛 译

大风天

　　风刮了起来。它刮弯了树枝，刮响了树叶，也刮掉了鼹（yǎn）鼠头上的草帽。哦，我们的鼹鼠先生刚从地洞里出来，想到外边走走呢。

　　"哟，天哪！"鼹鼠叫了起来，"天要下雨了！要是没草帽护着脑袋，准会感冒的。"于是，鼹鼠抬起腿，顺着风，去追赶自己的草帽。

　　鼹鼠在森林里跑啊跑，突然，老鼠毛蹄在一朵大蘑菇后面问他："哎，鼹鼠先生，风这么大，你往哪儿跑？"

　　"哦，我找我的草帽呢。我必须在下雨前找到它。"鼹鼠答道，"你能帮我一起找吗？"

　　"当然可以。"老鼠毛蹄说，"不过，知更鸟太太正在孵卵，我得把这朵大蘑菇送给她做伞。这样吧，知更鸟太太的家就在远处那棵大橡树下，我先陪你到那儿去吧。"

　　于是，鼹鼠先生和老鼠毛蹄一蹦一跳地穿过树林，来到小河

边。在河边，他们遇到青蛙了蒂姆。

"你们两位到哪儿去？"青蛙蒂姆问。

"去找我的草帽。"鼹鼠说，"你能帮个忙吗？"

"当然可以。"蒂姆说，"不过，我得先给知更鸟太太送点草莓，给她当早点。这样吧，我可以先陪你们到那棵大橡树下。"

于是，鼹鼠先生、老鼠毛蹄、青蛙蒂姆一起急急忙忙地赶起路来。一会儿，松鼠萨利从树洞里探出脑袋，尖声问："请问，你们三位去哪儿？"

"我的草帽被风刮走了，我得在下雨前把它找回来，"鼹鼠先生说，"不然我会感冒的。你能帮个忙吗？"

"没问题。"松鼠萨利说，"不过，我得先把这个核桃面包送给知更鸟太太。我可以先陪你们走到那棵大橡树下。"

这时，风在号叫，天色也越来越暗。鼹鼠先生不禁叹起气来："看来，我的帽子怕是找不回来了。"他一面叹气，一面对伙伴说："我们还是快点走吧，不然，都要挨雨淋的！"

不一会儿，他们就到了那棵大橡树下。知更鸟太太的家就在树上。他们停了下来，老鼠毛蹄送上了大蘑菇，青蛙蒂姆送上了草莓，小松鼠萨利送上了核桃面包。鼹鼠先生想：要是我也有一件东西送给知更鸟太太做礼物，该有多好！

想着想着，鼹鼠抬起了头。"哇！"鼹鼠差点儿叫起来。原来，他发现自己的草帽就在那棵大橡树上。知更鸟太太就坐在草帽里，里边还传出叽叽叽的叫声。

"哎，鼹鼠先生，那是你的草帽吗？"青蛙蒂姆眼尖口快。

"没错，"鼹鼠说，"不过，它已经派上了用场。"

这时，知更鸟太太从草帽里伸出脑袋来说："真感谢你们几位啦！这么大的风，你们还来看我。我的小宝贝们刚刚出壳，可大风把我的房子全刮坏了。也巧，这顶美丽的草帽飞来了，它正好可以当我的新家，我的小宝贝们得救了。要说礼物嘛，这顶草帽可是最好的礼物！"

听到这儿，鼹鼠先生笑了："我的草帽真是派上了用场。草帽里暖暖和和的，你的小宝贝就不会感冒了。"

风还在吹打着树叶。鼹鼠先生灵机一动，摘下一片大树叶，遮在头上以防感冒。在回家的路上，他高兴地对伙伴们说："草帽嘛，我还可以再做顶新的。"

树叶的香味

[苏联]
维·比安基[1] 著
高楚明 译

音乐家

　　一个打熊的老猎人坐在墙根土台上，吱吱嘎嘎不成调地拉着小提琴。他很喜欢音乐，并千方百计地想自己学会拉琴，可是结果并不好，但是就这样，他也心满意足了，他认为这是他自己的音乐。这时，走过来一个熟识的集体农庄庄员，他对老猎人说：

　　"别拉你的提琴了，拿起火枪来吧！你拿火枪，出息可能更大些。我刚才在树林里看到熊啦！"

　　老猎人放下小提琴，向那位庄员详细询问他是在什么地方看到熊的，接着便拿起火枪到树林里去了。老猎人在树林里找了很久，可是连熊的影子也没有找到。

　　老猎人走累了，就在一个树墩上坐下来，打算休息一会儿。

　　树林里静悄悄的，周围没有一点声响，也听不到鸟儿的歌声。突然，老猎人听到了"津！津……"的声音。那声音是那么美妙，就好像是用弦乐器弹奏的乐曲。

---

①维·比安基（1894—1959），苏联儿童文学作家。

稍等了一会儿，声音又响起来了："津！津！津……"

老猎人觉得很奇怪：

"这是谁在树林里弹琴呢？"

可这时从树林里又传来了"津！津！津……"的声音，而且是那样清脆响亮，那样柔和动听。

老猎人从树墩上站起来，小心翼翼地循声走去。声音是从树林边缘传来的。

老猎人悄悄地走近，从云杉背后探出脑袋一看，发现在树林边缘有一棵遭雷劈的大树，树上有许多长长的木片翘着，树下，蹲坐着一只熊，正用爪子抓着一块木片。它向身边扳木片，然后撒手放开。木片挺直了，颤抖起来。于是，空中就响起了"津！津！津……"的声音，就像在弹奏弦乐器一样。

熊低下脑袋倾听着。

老猎人也倾听着。木片发出了多么悦耳的声音啊！

声音停止了，于是熊又扳下木片，然后再撒手放开。

傍晚，那个猎人所熟识的集体农庄庄员又一次走过小木屋旁边。老猎人还是坐在墙根土台上拉着他的小提琴。他用一根手指拨动一根琴弦，琴弦发出了悦耳的声音："津！津！津……"集体农庄庄员问老猎人：

"怎么，你把熊打死啦？"

"没有。"老猎人回答道。

"怎么会呢？"

"既然它是像我这样的一个音乐家，我怎么能够向它开枪呢？"

接着，老猎人便对集体农庄庄员讲述了那只熊如何用被雷劈的树上的木片来演奏的情景。

牵手阅读

如果我们愿意像尊重我们自己的生活那样尊重动物的世界，很多事情或许就可以换一个美好的结局。就像《音乐家》中的这位老猎人，当山林里这头熊的举动唤起了他对于自己的音乐爱好的尊重与坚持时，熊在他的眼里，就不再是被猎杀的对象，而成了一位值得尊敬的音乐家。或许在我们的心性中，本来就保存着这种与动物相体恤、共存的冲动。正因为这样，我们才会把许许多多温暖的情谊和爱，编织进无数像《大风天》这样的动物童话中。

小说里的情趣和理趣

一篇写得好的儿童小说是这样的：它或者充满了令人抚掌雀跃的童年情趣，或者拥有一种与心灵最柔软、思想最明亮的地方相连接的情感、生活和生命哲理的内涵，而且很多时候，这两点是不能分离的。然而在儿童小说中，童年情趣的"轻"与哲理内涵的"重"，都是需要很高的天分来安排和驾驭的。

[苏联]
尼古拉·诺索夫① 著
屠名 译

米什卡煮粥

树叶的香味

夏天我和妈妈住在郊外。有一天，米什卡到我这儿来做客，我高兴得说不出话来！我正想念米什卡呢。妈妈看见他来也很高兴。

"你来得正好，"她说，"你们两个住在一起就有伴了。明天我恰好要到城里去，恐怕要耽搁几天。我不在这里的时候，你们能不能自己过两天？"

"当然能。"我说，"我们不小了！"

"只是你们得自己做饭。会做吗？"

"会。"米什卡说，"不会才怪呢！"

"好，煮些汤和粥吧！好在煮粥最省事。"

"我们就煮粥，煮粥还不容易！"米什卡回答。

我说："米什卡，万一煮不好就麻烦了，你以前又没有煮过。"

①尼古拉·诺索夫（1908—1976），苏联儿童文学作家。

"你放心！我见过妈妈煮粥。我一定让你吃得饱饱的，不会把你饿死的。我煮的粥，保准让你吃得连碗都要舔干净！"

第二天早上，妈妈留下两天的面包和喝茶时吃的果酱，告诉我们放食物的地方，又教我们怎样做汤，怎样煮粥，米该放多少，这该放多少，那该放多少。我们什么都听了，只是我一样也没有记住。我想：记它干吗？反正米什卡知道。

妈妈走了以后，我和米什卡决定到河边去钓鱼。我们把钓竿整理了一下，又去掘了一些蚯蚓当诱饵。

"等一等，"我说，"如果我们去钓鱼，那么谁给我们做饭呢？"

"做什么饭呀！"米什卡说，"讨厌！先把面包吃掉，晚上再煮粥。喝粥可以不要面包。"

我们切好面包，涂上果酱，就到河边去了。到了河边以后，我们先洗了个澡，再躺在沙地上晒太阳，吃果酱面包，然后开始钓鱼。只是鱼儿不大上钩，只钓到十来条小梭子鱼。我们在河边整整溜（liū）达（da）了一天，傍晚肚子饿得慌了才回家。

"喂，米什卡，"我说，"你是专家，现在煮什么？只是要挑最快的，我饿得要命。"

"煮粥，"米什卡说，"煮粥最省事。"

"好，煮粥就煮粥吧！"

我们生好炉子，米什卡往锅里倒进些米。我说：

"多倒一些，我饿坏了！"

他倒了满满一锅子米，又把水灌到锅里。

"水是不是太多了？"我说，"不要煮得太稀了！"

"没有这回事！我妈妈总是这样煮的。你只要看好炉子，粥，我会煮的，你尽管放心。"

好，我看炉子，添木柴。米什卡煮粥，其实他不煮，他只是坐在那儿看看锅子，粥自己在煮。

一会儿，天黑了，我们点起灯，坐在旁边等粥熟。我忽然看见锅盖微微升了起来，粥从锅盖下面溢（yì）出来了。

"米什卡，"我说，"怎么回事？粥怎么爬出来了？"

"往哪儿爬？"

"谁知道要往哪儿爬？粥是从锅子里爬出来的！"

米什卡抓起汤勺想把粥拦回锅子里去，拦了又拦，可是米像是在锅子里涨开来似的，粥还是哗哗地往外面流。

"我也不知道它干吗要爬出来。也许，已经煮熟了？"

我拿起汤勺，尝了尝，米完全是硬的。

"米什卡，"我问，"水跑到哪儿去了？米完全是干的！"

"不知道，"他说，"我倒了不少水，是不是锅子漏了？"

我们把锅子仔细检查一下，一个小洞也没有。

"大概蒸发掉了，"米什卡说，"得再加些水。"

他把多余的米从锅里舀出来放到盆子里，又在锅子里加了些水，让它再煮下去。煮着煮着，我们一看，粥又爬出来了。

"嘿，该死！"米什卡叫了起来，"你往哪里爬？"

他拿起勺子又舀出些米，噗的一声，他又倒进一大杯水。

"你看，"他说，"你还说水太多，其实应当多加些水。"

又煮了一会儿。真笑话，粥又爬出来了！

我说："你大概把米放多了，它们一涨开，锅子就装不下了。"

"对，"米什卡说，"好像我也舀出不少了。这都是你不好，说什么'多倒一些，我饿坏了'！"

"我怎么知道该放多少呢？你不是说你会煮吗？"

"我就煮给你看，只是你别跟我捣蛋。"

"你煮吧！我不来麻烦你。"

我走到一边，让米什卡煮。其实他不煮，他光是把多余的米舀到盆子里。那些盆子满满地摊了一桌子，跟饭店里一样。他老是把水加进去。

我看不下去了，说：

"你这样搞不大对。这样会煮到天亮！"

"你看怎样？大馆子里的饭总是从夜里就开始煮起，直到第二天早上才煮好的。"

"那是馆子里，"我说，"他们不用忙，他们吃的东西多得是。"

"我们又忙着到哪儿去？"

"我们得吃了睡觉，你看，马上就要十二点了。"

"有你睡的时候。"他说。

又是扑通一声，一大杯水倒进了锅子。这时候，我明白是怎么一回事了。

"你老是加冷水进去，"我说，"那怎么会熟呢？"

"那么照你说，煮粥不用加水？"

"照我说，舀出一半米，水要一次加进去，要多加一些，再让它自己煮。"

我从他那里把锅子拿了来，倒出一半米。

"加水！"我说，"加满为止！"

米什卡拿了杯子，伸进桶里去。

"没有水了，都用完了。"他说。

"那怎么办？这么黑，怎么去打水？"我说，"连井也看不见。"

"废话！我马上去把水打来。"

他拿了火柴，桶上缚（fù）着根绳子，走到井边去了。一会儿他回来了。

"水呢？"我问。

"水……水在井里。"

"我也知道在井里，我是问你打水的桶呢？"

"桶，也在井里。"他说。

"怎么会在井里？"

"就是在井里。"

"掉下井去了？"

"掉下井去了。"

"唉，你这个饭桶！"我说，"你要让我们活活饿死吗？现在用什么东西去打水呀？"

"可以用茶壶。"

我拿起茶壶说："拿绳子来。"

"绳子可没有。"

"到哪里去了？"

"那边。"

"那边是什么地方？"

"喏……井里。"

"这么说，连绳带桶一起掉下去了？"

"是的。"

我们就去找别的绳子，可是哪儿也找不到。

"不要紧，去问邻居借一根。"米什卡说。

"你疯啦？"我说，"你看看钟，人家早睡了。"

偏巧这时候我们两个都想喝水。看来，这时候要是出一百卢布买一杯水我也会干的。米什卡说：

"事情总是这样的：越是没有水，越是想喝水。所以沙漠里的人总是一天到晚想喝水，因为那里没有水。"

我说："你别发议论了，找绳子去吧！"

"叫我到哪里去找？我哪儿都找过了。我们用钓竿上的钓丝来缚茶壶吧！"

"钓丝禁得住吗？"

"也许禁得住。"

"要是禁不住呢？"

"嗯，要是禁不住，那就……要断。"

"你不说，我也知道。"

我们解下钓丝，把茶壶缚起来走到井边去。我把茶壶放下井去打水。钓丝像弦似的绷得紧紧的，像马上要断的样子。

"禁不住的！"我说，"我感觉得出。"

"如果小心点提上来，也许禁得住。"米什卡说。

我小心翼翼地把茶壶提上来，刚提出水面，扑通一声，茶壶就没有了。

"禁不住？"米什卡问。

"当然禁不住！现在用什么东西打水？"

"茶炊。"米什卡说。

"这可不行，倒不如把茶炊扔到井里去，免得多费手脚。眼下又没有绳子。"

"嗯，那么用锅子。"

"什么，难道我们开锅子店？"我说。

"那就用玻璃杯。"

"用玻璃杯打水，那要打多少回呀？"

"有什么别的法子呢？总得把粥煮好，再说口又干得要命。"

"那就用带柄的玻璃杯吧！"我说，"总比没柄的玻璃杯大。"

到了屋里，我们用钓丝把带柄杯扎好，叫它不能翻来覆去。

我们回到井边，把水一杯一杯打上来，两个人喝了个够。米什卡说："事情总是这样的：想喝水的时候，仿佛能把海水喝干似的；有水喝了，一杯下肚，就不想喝了。这是因为人类生来贪多的缘故……"

我说："用不着在这里说人类的坏话！最好把粥端到这儿来，我们直接把水倒到锅子里，免得拿着杯子跑上二十趟。"

米什卡把粥锅端来放在井边。我没有留意到，锅子给胳膊肘（zhǒu）碰了一下，差一点儿翻到井里去。

"唉，你这个笨蛋！"我说，"你怎么可以把它塞到我的胳膊肘下面来？端起来，牢牢捧着，离井远一点，不然连粥都会翻到井里去的。"

米什卡捧着锅子离开井边，我把水拿过去。

我们回到屋里，粥冷了，火也灭了。我们重新生起炉子，又动手煮粥。我们的粥到底滚了，煮得腻腻的，噼里啪啦地冒出泡泡来。

树叶的香味

"啊！"米什卡说，"煮得很好，好粥，好粥！"

我拿起勺子尝了尝：

"呸！这算什么粥呀！苦的，没放盐，倒有一股焦煳（hú）味儿。"

米什卡也尝了一口，立刻吐掉了。

"不，"他说，"我宁可饿死也不吃这种粥！"

"这种粥吃多了会送命的！"我说。

"那怎么办呢？"

"我不知道。"

"我们好傻！"米什卡说，"我们不是有梭子鱼吗？"

我说："现在哪里还有工夫来煮鱼！天马上要亮了。"

"那我们就不要煮，我们来煎。煎要快得多，一放下去

就能吃。"

"好，如果快的话，就煎吧！"我说，"要是也跟粥一样，那还是别搞。"

"一会儿就好，你等着瞧！"

米什卡把鱼收拾干净，放到煎锅上。锅子红了，鱼粘在锅上。米什卡用刀去铲，把鱼铲得破破烂烂的。

"你真聪明！"我说，"谁煎鱼不放油的？"

米什卡拿起油瓶，往锅子里倒了些葵花子油，然后把锅子放到炉子里，直接搁在炭火上，想让鱼快些煎好。油起初吱吱叫，后来嗒嗒响，忽地轰的一声，锅子上面冒出了火焰，米什卡急忙抽开锅子，油还在锅子里面烧。我想泼水上去，可是屋里已经一滴水也没有了，只好让油烧干为止。这时，满屋子都是烟和难闻的气味。梭子鱼呢，已变成了一团黑炭。

"嗯，"米什卡说，"现在煎什么好呢？"

"不，"我说，"我不再给你东西煎了。你糟蹋东西不算，还要闹出火灾来，整幢房子都要毁在你手里。够了！"

"那怎么办呢？不是要吃吗？"

我们嚼生米试试，可是咽不下，尝尝生葱，又是辣的。没有面包，光吃牛油，恶心得很！我们找到一只果酱罐，好，我们把它舔得干干净净，这才上床睡觉，这时候已经很晚很晚了。

第二天早上，我们饿着肚子醒来，米什卡马上伸手去拿米煮粥，我一看见，就气得浑身发抖。

"不许动！"我说，"我到房东娜塔莎阿姨那里去，求她给我们煮粥。"

我们走到娜塔莎阿姨那里，把昨天夜里的事情统统告诉她。我们答应把菜园里的野草拔干净，只求她帮我们煮一锅粥。娜塔莎阿姨很可怜我们，给我们牛奶喝，给我们油煎菜包子吃，接着又让我们坐下来吃早饭。我们大吃特吃，把娜塔莎阿姨家的伏夫卡看呆了。他觉得很奇怪，我们怎么会饿成这个样子。

我们终于吃饱了。我们向娜塔莎阿姨要来一根绳子到井边去捞水桶和茶壶。我们忙了好半天，要不是米什卡想出在绳子上缚一块马蹄铁，那我们是什么东西也捞不到的。马蹄铁跟钩子一样，把水桶和茶壶都钩了上来。我们什么也没丢，东西都吊上来了。接着，我、米什卡和伏夫卡一块儿到菜园里去拔草。

米什卡说："拔草是简单的活儿，一点儿也不难，跟煮粥比起来要容易得多！"

牵手阅读

米什卡和"我"最后没有煮好什么垫肚子的粥，却为我们"煮"出了一个美味的故事。故事的幽默与情趣，不但在于两个小伙伴与各种炊具打交道的过程中发生的种种意外与"不幸"，也在于米什卡毫无恶意的吹嘘与实际情况之间形成的落差。这种落差所造就的幽默一直延续到故事最末一句，不仅留给我们一阵善意的欢笑，也留给我们继续想象的故事的空间和可能。

树叶的香味

曾学儒 译

使人高兴的东西

小朋友们坐在白桦树下的圆木上谈天。

"我有一样使人高兴的东西，"阿廖（liào）卡说，"我有一条新的发带，你们看多么漂亮！"

她把自己的辫子和辫子上的新发带给大家看。

"我也有一样使人高兴的东西，"塔尼娅说，"爸爸妈妈给我买了彩色铅笔，整整一盒哩！"

"你们那些使人高兴的东西，好像真的很了不起似的！"彼佳·佩图霍（huò）夫说，"瞧，我有钓鱼竿，随便我钓多少鱼。那些铅笔算什么？用完了，就完了。"

这时焦穆什卡也夸耀起来。

"我有一件玫瑰色的衬衫，瞧，这就是！"焦穆什卡一边说，一边张开双臂，让大家看他的衬衫是多么漂亮。

只有万尼亚听着，什么也没说。

"万尼亚没有任何使人高兴的东西，就连很小的东西也没有。"焦穆什卡说，"他坐着，不吭声。"

"不，有。"万尼亚说，"我看见了花儿。"

大家马上问道：

"什么花儿？"

"在哪里？"

"在森林里看见的，在林中旷野上。当时我迷了路，天已经黑了，周围漆黑。而花是白的，立在那儿仿佛在发光似的。"万尼亚说。

小朋友们都笑了。

"森林里的花儿还少吗？这也算碰到了喜事？"

"还有，冬天时我有一次看见了屋顶。"万尼亚说。

小朋友们又大笑起来。

"这么说，夏天你没有看见过屋顶吗？"

"看见过。只有冬天，屋顶上才有雪。太阳光一照，从这边看，屋顶是蓝色的，从另一边看，却是玫瑰色的，整个屋顶都在大放异彩。"

"得了吧！"阿廖卡说，"好像我们就没有看见过屋顶上的雪似的。什么蓝色的，玫瑰色的，这都是你胡诌（zhōu）出来的。"

"他就是那样随便，"彼佳·佩图霍夫说，"他在开玩笑。"

"也许你还有什么使人高兴的东西吧？"塔尼娅问。

"有。"万尼亚说，"我还看见过闪银光的鱼。"

焦穆什卡精神抖擞（sǒu）地问道：

"在哪里？"

"是真的？发银光吗？"彼佳·佩图霍夫甚至跳了起来，问道，"在池塘里，还是在小河里？"

树叶的香味

"在水洼里。"万尼亚说。

这时，大家都笑倒了。

彼佳·佩图霍夫埋怨说：

"我就知道，他全是在开玩笑！"

"不，不是开玩笑。"万尼亚说，"下雨之后，在苹果树下形成了一个水洼，是淡蓝色的。太阳光照耀在水洼里，风吹水面，就仿佛是无数条闪着银光的鱼在游动。"

"真是个会吹的人。"阿廖卡说，"他没有任何使人高兴的东西，就想出这些来。"

阿廖卡嘲笑着，而塔尼娅却沉思着说：

"也许，他这些使人高兴的东西，要比我们的多得多。可不是嘛，他随便在哪里都能碰得到……"

拇手阅读

在《使人高兴的东西》中，善于在自然中到处发现"使人高兴的东西"的万尼亚，尽管受到了小伙伴们的嘲笑，却可以引发我们的许多感慨和思索。这篇富于理趣的作品，是通过表现孩子的日常生活场景来发掘意蕴的，但不管是情趣还是理趣，在作品中，它们永远是与故事、文字浑然地融合在一起的。也正因为如此，许多时候，欣赏一篇好的小说，我们最需要的不是分析，而是把自己沉浸在故事里，去真诚地感受，慢慢地品味。

　　在本书的编选过程中，我们得到了许多师友的热情帮助。不过，虽经多方努力，仍有部分作者和译者没能联系上。部分作者及译者的稿酬及样书我社已委托中国版权保护中心代存、代转，请文章版权所有人见书后与该中心联系，联系电话：（010）68003887-5103。

图书在版编目(CIP)数据

树叶的香味／方卫平选评.—济南：明天出版社，
2017.5(2018.1重印)
(方卫平精选儿童文学读本)
ISBN 978-7-5332-9113-6

Ⅰ.①树… Ⅱ.①方… Ⅲ.①儿童文学–作品综合集
–世界 Ⅳ.① I18

中国版本图书馆CIP数据核字(2017)第040583号

方卫平精选儿童文学读本
树叶的香味
方卫平 选评

组稿策划 徐迪南
责任编辑 徐迪南　孟丽丽　肖晶　孟凡明
整体设计 牛钧工作室
插画 孔雀工作室

出版人: 傅大伟
出版发行: 山东出版传媒股份有限公司
　　　　　明天出版社
社址:山东省济南市市中区万寿路19号
邮编: 250003
http://www.sdprcss.com.cn
http://www.tomorrowpub.com
各地新华书店经销
肥城新华印刷有限公司印刷

170毫米×240毫米 16开 18印张 2插页 180千字
2017年5月第1版 2018年1月第2次印刷
印数: 20001-30000
ISBN 978-7-5332-9113-6

定价: 26.00元

如有印装质量问题，请与印刷厂联系调换。